Antonio

OMICIDIO

IN VILLA

CAPITOLO 1

L'INVITO MISTERIOSO

Non ricevo spesso inviti a serate di gala.

Anzi, a dire il vero, non ne ricevo mai.

Il mio mondo è fatto di ombre. Di pedinamenti sotto la pioggia. Di stanze soffocate dall'odore di fumo e caffè raffermo. L'abitudine a vivere ai margini, tra la polvere e il sudiciume della città, mi aveva reso un uomo distante da certe luci dorate, da quegli ambienti ovattati dove i segreti si scambiano tra un brindisi e una risata forzata.

Quella busta pesante, con il mio nome vergato in inchiostro dorato, stonava con il caos della mia scrivania, ingombra di fascicoli sgualciti, mozziconi spenti e bicchieri vuoti.

Non era solo un oggetto fuori posto: era un intruso. Una scheggia impazzita, infilatasi nella routine stanca della mia esistenza.

L'uomo che me l'aveva consegnata era distinto, sulla cinquantina. Indossava un completo scuro, tagliato su misura, e parlava con l'accento di chi ha frequentato scuole migliori della maggior parte di noi.

Aveva bussato una sola volta.

Quando aprii, era lì. Immobile, nel corridoio mal illuminato. Il volto in ombra, la busta stretta tra le dita.

Chiese soltanto conferma del mio nome. Nessun sorriso. Nessuna esitazione.

1

Me la porse in silenzio, poi si congedò con un rapido «Buona giornata» e si allontanò lungo il corridoio.

Rimasi fermo sulla soglia per qualche secondo, incerto su cosa pensare. Poi, quando mi decisi a seguirlo per chiedergli chi fosse, e per conto di chi mi stesse cercando, era già sparito. Inghiottito dalla notte, che in certi palazzi riesce a infiltrarsi fin dentro i muri.

Il suo volto mi era rimasto impresso. Non per qualche tratto particolare, ma per l'assenza totale di emozione.

Un uomo così non lavora certo per gente comune.

Tornai alla scrivania e rimasi a fissare la busta. Poi, senza fretta, la aprii. La carta era spessa, ruvida sotto le dita. Il foglio scivolò fuori con un fruscio secco. In alto, il mio nome, scritto a mano con una grafia elegante, antica.

L'invito era chiaro: una serata alla villa dei Veraldi. Una delle famiglie più ricche, e più irraggiungibili, della città. Gente che, in teoria, non avrebbe mai dovuto sapere nemmeno della mia esistenza.

Mi appoggiai allo schienale della sedia, la busta ancora in mano. E per la prima volta ebbi il sospetto che stavo per infilarmi in qualcosa più grande di me.

Il dottor Veraldi è lieto di invitarla a un ricevimento esclusivo presso Villa Aurelia, sabato 10 ottobre. Ore 20.30.
La sua presenza è gradita e indispensabile.
Cordiali saluti.

Nessuna firma. Nessuna spiegazione. Solo una data, un luogo, e il sottinteso inequivocabile che non potevo rifiutare.

Indispensabile... che strano modo di chiedere la presenza di qualcuno. Ma poi, indispensabile per cosa?

2

Mi accesi una sigaretta e rimasi a fissare il fumo salire lento, sciogliersi nel buio della mia stanza. Avevo due opzioni: ignorare tutto e tornare alla mia solita routine fatta di birre scadenti e bollette da pagare, oppure accettare e scoprire cosa diavolo volesse davvero da me.

Ovviamente fu la curiosità a vincere, come sempre. Quella maledetta voglia di sapere di più, di non accontentarmi mai del dubbio. La mia fortuna e la mia condanna.

Voler eccellere in tutto ciò che facevo era diventata un'abitudine, anche se ormai, avendo superato i quarant'anni, cominciavo a domandarmi se sapevo davvero in cosa eccellevo.

Una cosa, però, la sapevo bene: sapevo far sentire stupida la gente.

E non perché lo volessi, sia chiaro. Succedeva. Era successo anche con il mio ex capo in polizia, un uomo fragile, insicuro, finito nel posto sbagliato al momento sbagliato. E io? Io ero la bomba a orologeria che gli ticchettava sotto la sedia. Gli bastava avermi accanto per sentirsi un idiota.

Così fece ciò che fanno tutti i mediocri quando si sentono minacciati: mi fece terra bruciata intorno. Prima il trasferimento, poi i turni di notte, poi accuse sottili, mai dirette, ma sempre velenose. Alla fine, trovarono il modo di mettermi alla porta.

Ma questa è un'altra storia.

Villa Aurelia sorgeva in cima a una collina che dominava la città, un palazzo signorile dalle linee austere, con colonne di marmo e finestre alte che sembravano occhi scuri intenti ad osservare dall'alto il mondo sottostante. Il viale d'ingresso era un sentiero di ghiaia bianca che serpeggiava tra aiuole perfettamente curate e statue che ritraevano figure mitologiche, centauri e ninfe, immobili nel chiaroscuro della notte. Torce alte, accese lungo il percorso, gettavano ombre tremolanti sul selciato, come se la villa fosse avvolta in una danza di luci e ombre.

Scendendo dalla macchina che avevo preso a noleggio, perché certo non potevo presentarmi con la mia vecchia berlina scassata, sentii subito l'odore nell'aria. Un misto di terra umida e gelsomini notturni, sovrastato però dal profumo pungente delle auto costose parcheggiate davanti all'ingresso. Profumo di pelle, benzina raffinata e denaro.

Davanti alla villa, un piccolo gruppo di ragazzi indossava pettorine nere con un discreto logo dorato sul petto: erano i parcheggiatori, assoldati per la serata, probabilmente alla loro prima esperienza in un evento di quel livello. Giovani, acerbi nei movimenti ma animati da una determinazione palpabile, desiderosi di dimostrare di essere all'altezza. Un gruppetto eterogeneo, multietnico, come raramente se ne vedevano in ambienti così chiusi, eppure perfettamente calati nel loro ruolo, nonostante un'aria vagamente impacciata.

Quando arrivò il mio turno, un ragazzotto di chiara origine asiatica si avvicinò con fare garbato, ma leggermente esitante. Aprì la portiera con un piccolo inchino istintivo, un gesto rispettoso che tradiva un'educazione meticolosa.

«Benvenuto, signore. Ci penserò io alla sua auto.»

Stava per salire quando un altro ragazzo, più alto, con un sorriso smagliante e una naturale sicurezza nei gesti, gli posò una mano sulla spalla con un tono rilassato.

«Lascia fare a me» disse, con voce calma e sicura. «Meglio che tu rimanga qui a gestire i nuovi, sai che ne abbiamo bisogno.» Gli fece un occhiolino, un gesto di complicità che sembrava nascondere una battuta privata, poi si voltò verso di me con un sorriso educato.

«Mi scusi, signore, le assicuro che la sua auto sarà al sicuro.»

Era un ragazzo di colore, dai modi impeccabili e lo sguardo limpido. Il suo volto, per un istante, mi colpì più del necessario. Forse perché incarnava un'immagine che, anni fa, sarebbe stata impensabile in una serata come quella. Una nuova generazione stava emergendo, portando con sé un cambiamento silenzioso, ma irreversibile.

Nel momento in cui prese le chiavi e si avviò verso la macchina, notai un dettaglio che stonava leggermente con l'ambiente impeccabile della villa: un bracciale di cuoio consumato, sottile, avvolto attorno al polso come un ricordo che nessuno voleva dimenticare.

Un piccolo ciondolo metallico penzolava dal cinturino, scolorito, inciso con una figura geometrica che attirò la mia attenzione più di quanto avrebbe dovuto.

Qualcosa, in quella forma, sembrava familiare. Una memoria visiva sfuocata, un frammento che non riuscivo ancora a collegare.

Ma passò in un istante. Ero lì per altro.

Mentre saliva in macchina e la portava via con una sicurezza che smentiva la sua giovane età, restai un istante a osservarli. Non era solo la mia auto ad allontanarsi nel buio: era il riflesso di un'Italia che, nonostante tutto, stava cambiando.

Nonostante la crisi, il declino, le paure, c'erano ragazzi come loro, cresciuti in un mondo diverso, più aperto, più fluido, più reale. In un Paese che invecchiava, che arrancava, loro erano la prova che qualcosa continuava a muoversi. Un pensiero fugace, che mi lasciò addosso una strana, quasi inaspettata sensazione di speranza.

Ma il ritorno alla realtà fu rapido. E triste. Come il luogo in cui stavo entrando: un'esibizione pacchiana travestita da esclusività. Un cliché col vestito buono.

Nel piazzale della villa si muovevano uomini in smoking e donne in abiti che valevano più del mio intero appartamento. Parlavano sottovoce, con sorrisi appena accennati, come se anche le parole dovessero rispettare un certo decoro.

Quando passai oltre, sentii gli sguardi. Mi si posarono addosso come polvere sottile.

«*Lui, qui? E chi l'ha invitato?*»

«*Forse Veraldi ha bisogno di ripulire qualche casino...*»

«*O magari è un nuovo giocattolo da esibire.*»

«*Oh, smettila... Sai bene che Veraldi preferisce giocattoli più giovani.*»

Falsità e veleno scivolavano nell'aria come profumo troppo costoso.

All'ingresso, un maggiordomo dall'aria impassibile mi accolse con un lieve inchino. Il volto era una maschera, ma negli occhi si muoveva qualcosa. Una punta d'inquietudine. Forse fastidio. Forse timore.

«Signor Dante, giusto?»

«Sì. Come fa a sapere chi sono?» domandai, più per sfidarlo che per reale curiosità.

«Oh... memorizzo i volti di tutti gli invitati, ovviamente» rispose con un sorriso appena accennato, nascosto dietro la compostezza di anni di servizio impeccabile.

«Il signor Veraldi la sta aspettando.»

«Davvero?» replicai. «Dove, esattamente?»

Un'incertezza impercettibile gli attraversò lo sguardo, un'ombra sottile appena accennata.

«Si è ritirato nel suo studio, per ora. Ma ha lasciato istruzioni precise: tutti gli ospiti devono essere accolti con ogni riguardo. Gradisce un drink?»

Un altro domestico, più giovane, si avvicinò con un vassoio d'argento. Il gesto fu rapido, quasi brusco. Voleva liberarsene in fretta, come se toccarlo troppo a lungo potesse bruciare.

Sembrava nervoso.

Mi ritrovai con un bicchiere di whiskey in mano prima ancora di avere il tempo di rispondere.

Il liquido ambrato bruciava appena scese in gola. Un calore autentico, in mezzo a quel gelo travestito da eleganza.

Fu allora che la vidi.

Lei non era solo bella. Era magnetica. Un'arma perfettamente calibrata tra sensualità e veleno.

Capelli scuri come una promessa infranta, labbra disegnate per sussurrare segreti o condannare uomini con un solo sorriso. Il suo abito color champagne aderiva al corpo come un peccato, il tessuto sembrava liquido, fuso con la pelle. Camminava con grazia studiata, consapevole di ogni sguardo su di sé.

E, senza dubbio, li dominava tutti.

Si fermò davanti a me, sollevò il calice di vino rosso e mi lanciò un sorriso che sapeva di sfida.

«Non credo che ci conosciamo...» disse, con un tono che sembrava già una trappola.

«Neanche a me, a occhio e croce.»

Inclinò appena la testa. Gli occhi scuri mi scrutavano come se fossi un enigma da risolvere.

«Anche tu sei qui per parlare con Alberto?»

«Alberto?» ripetei, confuso. «E chi sarebbe?»

Le sue labbra si incurvarono in un sorriso quasi impercettibile.

«Interessante... Di solito, chi viene qui ha le idee molto chiare sulle richieste da fare ad Alberto Veraldi.»

«Veraldi... ecco!» annuii. «Non conoscevo il nome. Perdonami, ma non è il mio caso.» Scrollai le spalle. «Ho solo ricevuto un invito e ho pensato di approfittarne per un drink gratis.»

Mi osservò a lungo, poi si avvicinò appena.

«Allora sei l'unico qui dentro a non volere qualcosa.»

«E tu?» chiesi, avvicinandomi a mia volta. «Cosa vuoi?»

Il suo sorriso si fece appena più ampio.

«Forse lo scoprirai.»

E prima che potessi dire altro, si voltò e sparì tra la folla, lasciandomi solo con il suo profumo e una domanda sospesa.

Dentro la villa, l'opulenza era accecante.

Lampadari di cristallo scintillavano come stelle prigioniere, il profumo di spezie rare e champagne si mescolava alla musica discreta di un quartetto d'archi. Gli invitati si muovevano tra sorrisi tirati e sguardi affilati.

Vedevo bocche muoversi, parole sussurrate come pugnali nascosti:

«Hai visto come si è vestita? Ridicolo.»

«Quel tizio? Non mi fido di lui.»

«Oh, ma davanti a Veraldi sembrava il suo migliore amico.»

«Tutti fingono, cara. È la regola.»

Era chiaro che i sorrisi mascheravano sentimenti ben diversi. Da un certo punto di vista, mi sentivo quasi rassicurato nel constatare che quello che pensavo di loro, in fondo, era vero.

Vite vuote e scolpite da stereotipi, dove l'ego di un uomo si misura con la cilindrata dell'auto e quello di una donna con il valore dei gioielli e il numero di ritocchi chirurgici a renderla simile a una bambola gonfiabile.

In un mondo dove l'apparenza conta più della sostanza, loro erano gli squali.

Io il pesce rosso.

Poi la vidi di nuovo. E la sua sola presenza bastò a farmi scordare il motivo per cui ero lì.

Sapevo bene che, al di là della scusa dell'open bar, era la mia curiosità a spingermi. E quel qualcosa che non tornava. A partire da quell'invito, che non poteva certo essere casuale.

Accanto a lei c'era lui: Alberto Veraldi.

Sessant'anni portati con l'arroganza di chi si è abituato ad avere il mondo ai suoi piedi. Vestito impeccabilmente, un sorriso distratto, e una mano che stringeva un bicchiere di brandy come fosse parte del suo corpo.

La sua presenza riempiva la stanza, eppure qualcosa non tornava. Non era lui il centro dell'attenzione. Era lei.

Gli invitati le lanciavano sguardi furtivi, alcuni ammirati, altri intrisi di veleno. Gli uomini la desideravano. Le donne la odiavano. Eppure, nessuno osava dire nulla.

Cosa ci faceva una donna così con un uomo come Veraldi? Il solito cliché del vecchio ricco e della giovane bellezza attratta dal denaro? Forse.

O forse c'era qualcosa di più.

Mi guardò. Sorrise. Un gesto appena accennato.

E io, istintivamente, mi avvicinai.

Sapevo dentro di me che quella donna era la chiave di tutto.

E io ero al posto giusto, nel momento sbagliato.

CAPITOLO 2

LA NOTIZIA

Mi feci largo tra gli ospiti, il bicchiere di whiskey ancora stretto tra le dita. L'aria nella sala era densa. Non solo per il profumo di sigari e champagne, né per l'odore sottile di legno antico e cera d'api che impregnava ogni angolo della villa. C'era qualcosa di più. Un peso invisibile, un non detto che si muoveva tra gli invitati come un serpente tra l'erba alta.

Veraldi era di fronte a me. E lei era al suo fianco.

Non riuscivo a staccarle gli occhi di dosso. Forse era il modo in cui il vestito le scivolava addosso come fosse stato disegnato su di lei, o forse quel suo sguardo indecifrabile, un misto di curiosità e diffidenza.

Quando mi fermai a pochi passi, Veraldi sollevò il bicchiere verso di me, come se stesse accogliendo un vecchio amico.

«Dante!» esclamò con un sorriso largo, aperto. Troppo aperto. Sapeva chi ero.

Lo guardai, senza nascondere il mio stupore.

«Buonasera.» Non feci in tempo a dire altro.

«Che piacere averti qui!» mi interruppe lui, con quel tono che non ammetteva repliche. Parlava come se fossi stato io l'ospite d'onore, come se fosse stato lui a cercarmi, a volermi lì accanto a lui in quel momento. Non come se fosse stato il contrario.

Mi voltai appena. Lei mi osservava con occhi attenti, come se stesse rielaborando ogni parola scambiata poco prima. Come se le fosse appena sorto il dubbio che le avessi mentito, che l'avessi presa in giro.

Prima che potessi aggiungere altro, Veraldi batté le mani con energia.

«Signori! Signore!» La sua voce riempì la sala, sovrastando il mormorio dei presenti. La musica si abbassò, gli sguardi si girarono su di lui.

Attese che si facesse silenzio. Poi sorrise.

«Vi ringrazio per essere qui. Volevo rivedervi tutti per un'ultima sera.»

Qualcuno ridacchiò. Altri si scambiarono occhiate rapide, senza capire.

«So cosa state pensando... No, non ho intenzione di sparire in qualche isola deserta. Ma voglio chiudere un cerchio.» Fece una pausa, lasciando che le parole si depositassero nei pensieri di ognuno. Poi il sorriso si allargò.

«Volevo rivedere tutte le persone che hanno fatto parte della mia vita negli ultimi anni.»

Lo disse con un tono quasi sentimentale. Quasi.

Poi, come una lama che taglia il silenzio: «Anche se ho la certezza che molti di voi mi odiano.»

Un brusio attraversò la sala. Qualcuno rise nervosamente, altri protestarono con la finta indignazione di chi sa di essere stato appena colto in fallo.

«Oh, su, non fingiamo!» Veraldi scosse la testa, divertito. «Siamo tra persone intelligenti. Se siete arrivati dove siete, se riuscite a mantenere le vostre posizioni, le vostre aziende, le vostre eredità, è perché non vi siete mai fatti troppi scrupoli. Proprio come me.»

Il silenzio si fece improvvisamente più pesante. Alcuni sorrisero, compiaciuti. Altri abbassarono lo sguardo, fingendo disappunto. Ma nessuno negò.

Lei lo fissava. Non sembrava scandalizzata. Sembrava... sorpresa. Come se non si fosse aspettata da lui parole così dirette.

Veraldi prese un respiro profondo, il bicchiere sospeso a mezz'aria mentre il suo sguardo indugiava sugli ospiti con un'espressione indecifrabile, quasi compiaciuta. Il silenzio nella sala sembrava assumere una consistenza diversa, diventare denso, palpabile, come se tutti stessero trattenendo il fiato in attesa delle sue parole.

«Non sono qui per parlare del passato,» annunciò infine, con una calma misurata che sembrava studiata per amplificare l'attenzione. «Voglio parlare del futuro.»

Sollevò leggermente il bicchiere e lasciò che il liquido ambrato catturasse per un istante la luce soffusa della sala, proiettando un riflesso dorato sulle pareti.

«Del mio progetto speciale.»

Le conversazioni si spensero del tutto, lasciando spazio solo agli sguardi che si incrociavano, pieni di aspettativa e di un vago senso di inquietudine.

«Qualcosa che cambierà le nostre vite.» Fece una pausa, lasciando che le sue parole rimanessero sospese per qualche istante prima di aggiungere, con un sorriso appena accennato, quasi ironico: «O forse no.»

Bevve un sorso, con la lentezza di chi assapora ogni istante, come se avesse il pieno controllo del tempo e della tensione che stava costruendo.

«Purtroppo, io non lo saprò mai.»

Un brivido impercettibile attraversò la sala, come un soffio gelido che si insinua tra le fessure di una finestra socchiusa. Qualcuno si agitò sulla sedia, altri si scambiarono occhiate interrogative. Un sussurro ruppe il silenzio.

«Di che diavolo sta parlando?»

Un uomo accanto a me incrociò le braccia con un'aria scettica, spostando appena il peso da un piede all'altro, come se quell'attesa lo infastidisse. «Drammatico come sempre...» mormorò, senza distogliere lo sguardo da Veraldi.

Poco più in là, una donna bionda fece scivolare lentamente un anello lungo il dito, un gesto nervoso, quasi involontario, che rivelava un'inquietudine crescente.

«E che significa che 'non lo saprà mai'?», domandò qualcuno, con un tono più teso di quanto probabilmente volesse ammettere.

Il mormorio cominciò a diffondersi come un'onda silenziosa, gonfiandosi fino a trasformarsi in un brusio insistente, un sottofondo di domande senza risposta che si intrecciavano nell'aria.

Poi Veraldi si schiarì la voce e, con la precisione di chi sa esattamente quando colpire, lasciò cadere la sua rivelazione come una lama affilata.

«So bene che vi sto lasciando più domande che certezze,» disse con una tranquillità quasi inquietante. «E so che questo non vi piace, perché siete persone abituate ad avere il controllo, a conoscere ogni dettaglio, a prevedere ogni scenario.» Fece una pausa, il bicchiere ancora stretto tra le dita, e lasciò vagare lo sguardo sulla sala, soffermandosi per un istante su ognuno di noi, come se stesse pesando le reazioni, misurando il livello di tensione.

«Ma permettetemi di godermi un ultimo gioco.»

Lentamente, ruotò il bicchiere tra le dita, come se stesse valutando il peso stesso delle sue parole, poi lasciò andare un piccolo sorriso, qualcosa di impercettibile, un'ombra fugace che si accese appena sulle sue labbra prima di dissolversi nel nulla.

«Uno che, per alcuni, potrà risultare scandaloso.» Il suo tono si fece più leggero, quasi divertito, come se fosse il padrone indiscusso della situazione.

«Ma che a me diverte moltissimo.»

Un colpo di tosse spezzò il silenzio, qualcuno si mosse nervosamente, mentre le ombre proiettate dalle candele sulle pareti sembravano allungarsi, deformarsi in modo innaturale.

Poi, senza alcun preavviso, pronunciò le parole che scossero la sala come un tuono improvviso.

«Qualcuno, questa sera, mi ucciderà.»

Non ci fu bisogno di un altro respiro per comprendere la portata della sua affermazione. La tensione esplose in una rigidità improvvisa, nei volti che si irrigidirono, nei respiri trattenuti. Un gioco? Una provocazione? O un messaggio in codice che solo alcuni avrebbero potuto decifrare?

Eppure, Veraldi non aveva ancora finito.

«E non vedo l'ora di scoprire chi sarà.»

Un attimo di sospensione. Poi il suono di vetri infranti rimbalzò nella sala come un colpo di pistola.

Un cameriere, visibilmente scosso, aveva lasciato cadere il vassoio che teneva tra le mani. Il rumore rimbalzò contro le pareti, amplificato da un silenzio teso, innaturale.

Gli occhi di tutti si spostarono su di lui solo per un istante, poi tornarono a posarsi l'uno sull'altro.

C'era chi sembrava scosso, chi palesemente nervoso, chi stringeva il bicchiere con troppa forza e chi, invece, manteneva un'espressione di glaciale indifferenza.

E poi c'erano quelli che sembravano... soddisfatti.

Li osservai tutti, uno ad uno, imprimendo nella memoria ogni sfumatura di espressione, ogni movimento impercettibile.

Forse era solo suggestione, forse era il potere delle parole di Veraldi a scatenare una reazione incontrollata, ma in quel momento ne fui certo.

Scavando un po' più a fondo, chiunque in quella stanza avrebbe potuto avere un buon motivo per volerlo morto.

E lui lo sapeva.

Veraldi si voltò verso di me con la lentezza di chi ha appena lasciato cadere un bicchiere e sta aspettando il suono dell'impatto.

«Ed è per questo che abbiamo qui con noi il detective Valerio Dante.»

Sentii il peso degli sguardi su di me.

Non era soltanto curiosità. Non era neppure semplice sorpresa.

Era qualcosa di più viscerale.

Sospetto, dubbio, paura.

La paura di essere coinvolti in un gioco che forse nessuno avrebbe voluto giocare.

Veraldi sorrise, con quella sua calma inquietante e si concesse un sorso di brandy.

«Non perché possa impedire l'inevitabile,» continuò, con una serenità quasi surreale. «Ormai mi sono rassegnato. Anzi, in un certo senso... sono incuriosito.»

Si mosse lentamente nella stanza, osservando ognuno di loro come un direttore d'orchestra che conosce ogni singola nota prima ancora che venga suonata.

Poi si fermò.

«E voglio rendere la sfida ancora più interessante.»

Si voltò verso il centro della sala e sollevò l'indice della mano destra come a voler mettere un punto esclamativo a quello che stava per annunciare.

«Chi scoprirà il mio assassino riceverà un miliardo di euro.»

Silenzio assoluto.

Un attimo prima la tensione era palpabile, ora era qualcosa di più oscuro, più affamato.

Lo shock lasciò il posto a qualcosa di diverso.

Avrei potuto giurare di aver visto brillare l'avidità negli occhi di qualcuno.

Un miliardo di euro.

Una cifra impossibile da ignorare.

E in quell'istante, tutto cambiò.

Fino a quel momento, l'assassino, chiunque fosse, aveva creduto di avere il controllo, di muoversi nell'ombra, di essere in vantaggio.

Ora, invece, aveva tutti contro.

Ogni ospite della villa era diventato un cacciatore.

Tutti pronti a smascherarlo, tutti disposti a farlo.

E, come se non bastasse, doveva competere con un vero detective.

La caccia era aperta. E ora nessuno poteva più fidarsi di nessuno.

Veraldi annuì, soddisfatto della reazione che aveva ottenuto, il sorriso appena accennato di chi si gode lo spettacolo dall'alto, come un burattinaio che muove i fili con precisione.

«Dunque, Valerio, ora sai perché sei qui.»

Il peso della verità mi piombò addosso come un macigno.

Non ero lì solo per scoprire chi avrebbe avuto il coraggio di ucciderlo, chi avrebbe accettato la sfida sapendo di essere osservato, di essere circondato da persone pronte a tradirlo per un miliardo di euro.

Ero lì per provocarlo. Per dargli uno stimolo.

E non solo a lui.

Veraldi voleva mettere pressione all'assassino, costringerlo a giocare d'azzardo, a esporsi prima del previsto.

Ma voleva anche accendere la miccia negli altri ospiti, farli entrare in una spirale di sospetti, competizione e paranoia.

Forse sperava di intimidirlo.

Forse era tutta una trappola.

O almeno, così pensavo.

CAPITOLO 3

IL CASO DIMENTICATO

Milano, due anni prima

Avevo già visto molte scene del crimine nella mia carriera, ma quella aveva qualcosa di diverso. Forse era il silenzio irreale che avvolgeva la vecchia zona industriale, un silenzio denso, carico di qualcosa che non si poteva spiegare. Il posto sembrava sospeso tra il passato e il futuro: un relitto abbandonato, destinato a essere divorato dall'ennesima speculazione edilizia. O forse era il modo in cui gli agenti attorno a me si muovevano, incerti, scambiandosi occhiate rapide, senza dire nulla. Sapevano di essere lì per una ragione precisa e quella ragione ero io.

Arrivai con la squadra mentre il sole cominciava appena a risalire oltre i tetti scrostati dei capannoni dismessi. L'aria era satura di umidità, ferro e polvere. Il sapore del metallo aleggiava sulla lingua, mescolato a un retrogusto di ruggine e cemento marcio. Ogni passo sulla ghiaia sembrava un colpo di martello contro quel silenzio innaturale, spezzandolo solo per un istante, prima che tutto tornasse immobile. Il vento, che si presentava a singhiozzi alternando lunghe pause a sfuriate improvvise, faceva tremare vecchi cartelli arrugginiti, facendoli cigolare come lamenti soffocati.

Il corpo era già stato isolato con il nastro giallo e gli uomini della scientifica si muovevano attorno alla scena con una strana lentezza che tradiva una certa inquietudine. Prendevano misure, scattavano foto, ma i loro sguardi, quando credevano di non essere osservati, scivolavano su di me. Dicevano tutto. Sapevano che, tecnicamente, il comando spettava all'ispettore capo Trina, ma nessuno era abbastanza ingenuo da pensare che sarebbe stato lui a risolvere il caso o a dare indicazioni precise.

E poi arrivò.

Damiano Trina. Il piacione del commissariato. Il mio capo.

Si muoveva con la falsa disinvoltura di chi vuole sembrare sicuro di sé, ma finisce solo per sembrare fuori posto. Portava un cappotto troppo elegante per una zona industriale piena di fango e detriti, i capelli ingellati con una cura maniacale e una camicia su misura che faticava a contenere un girovita che raccontava di troppi pranzi abbondanti e troppa poca disciplina. Aveva anche un guizzo negli occhi, uno di quelli che usava quando cercava di dimostrare che era lui a comandare. Il problema era che nessuno gli credeva davvero.

Si sistemò la cravatta con un gesto studiato, quasi teatrale, poi mi fissò con quella sua solita smorfia a metà tra il disgusto e il fastidio per poi fare quel suo solito falso sorriso di circostanza.

«Dante, ti vedo già troppo impegnato.»

La sua voce portava con sé quell'insofferenza sottile che ormai era diventata la sua firma.

Non risposi subito. Prima dovevo evitare di mandare tutto in malora con la mia solita, pessima abitudine di essere onesto. Trina era uno di quei fenomeni da baraccone che la logica non riesce a spiegare. O meglio, la spiegazione c'era eccome, ed era così evidente da risultare quasi offensiva: non era lì per capacità, talento o brillante carriera. No. Era lì perché qualcuno l'aveva piazzato al posto giusto nel momento giusto, come un soprammobile di famiglia che non puoi buttare via.

Faceva parte del famigerato Cerchio Malefico, come lo chiamavamo tra colleghi con la rassegnazione di chi sa di non poter cambiare nulla. Una rete ben oliata di mediocrità solidali, un club esclusivo per incompetenti con le amicizie giuste.

Non serviva sapere fare. Bastava sapere chi conoscere. E soprattutto, avere l'intelligenza di non aprire bocca quando non conveniva. La discrezione, lì dentro, valeva più di qualsiasi curriculum.

Il questore Carmine Colantuono era l'incarnazione perfetta del Cerchio Malefico.

Sempre in ordine, sempre impeccabile. Ogni mattina sembrava uscito direttamente dallo scaffale dei giocattoli di un grande magazzino: vestiti stirati con precisione chirurgica, faccia liscia come se avesse litigato con le espressioni, e quei capelli, o meglio, *quella cosa* che si ostinava a portare in testa, piazzati al millimetro. Uno che aveva fatto carriera senza mai sporcarsele davvero, le mani. Sempre educato, sempre misurato, sempre al riparo da tutto. Mai uno scatto, mai una presa di posizione. Il nulla confezionato bene. Ma i corridoi, quelli non mentono.

Si diceva che il suo vero merito fosse il padre. Un nome importante, uno di quelli che nella Milano degli anni buoni contavano, anche se nessuno sapeva dire esattamente per cosa. E poi c'era quel vizio. Un'abitudine notturna che nessuno aveva il coraggio di chiamare col suo nome, ma che bastava a renderlo vulnerabile. Facile da controllare. Perfetto per il sistema in cui si muoveva.

Nel Cerchio Malefico nessuno è pulito. Ognuno ha qualcosa da perdere. E il segreto per restare in piedi è semplice: sapere tutto, dire niente.

E poi c'era il prefetto Salvatore Pronio. Basso, tozzo, con la voce troppo alta per la stanza e la necessità patologica di riempire ogni pausa con storie che nessuno voleva sentire.

Aveva sempre quel sorriso finto stampato in faccia, come se temesse che, senza, potesse svanire nel nulla. Parlava tanto, forse troppo, e in ogni racconto infilava almeno un episodio in cui si era distinto per coraggio, intelligenza o fascino. Secondo lui, naturalmente.

Si autodefiniva un pilastro della giustizia e un irresistibile seduttore. In realtà, le donne che aveva avuto lo consideravano poco più che un conto corrente con le gambe. Viste le sue origini familiari, d'altronde, non c'era da stupirsi: veniva da una casa dove il denaro non era mai stato un problema.

Ma lui non lo capiva, o non voleva capirlo. Come non capiva il ridicolo di ostinarsi a guidare macchine troppo grandi per lui, per cui gli sarebbe servita una scaletta e un rialzino.

La sua carriera era un mosaico malfatto di fandonie e mezze verità, storie confezionate per impressionare chi non aveva ancora avuto il tempo, o la sfortuna, di conoscerlo davvero.

Era questo il sistema in cui lavoravo, una struttura costruita più su equilibri politici che su reali capacità investigative. Eppure, nonostante tutto, continuavo a restare.

Forse perché mi piaceva il brivido di scavare nelle cose, di grattare via la superficie fino a trovare quello che non doveva essere trovato. O forse perché, in fondo, qualcuno doveva pur farlo.

Ma gli agenti non erano ciechi. Erano tutti lì, ad osservarmi, aspettando le mie direttive. E Trina lo notò. Lo vedevo nella sua mascella serrata, nel modo in cui gli si muoveva il muscolo della tempia mentre cercava di reprimere il fastidio. Il suo problema più grande non era la verità, ma il fatto che nessuno lo prendeva sul serio.

Il vento fece oscillare il cartello arrugginito sopra il cancello d'ingresso, facendolo stridere con un suono metallico che sembrava un lamento. Il rumore si mescolava con il battito sordo dei rami degli alberi secchi, creando un'atmosfera ancora più tetra. L'odore della pioggia, ancora nell'aria, si mescolava al sentore di sangue rappreso e alla puzza di gomma bruciata che proveniva da qualche punto più lontano della zona industriale. «Cosa abbiamo?» chiese Trina, cercando di riprendersi la scena.

Mi accovacciai accanto al corpo, lasciando che la realtà di quella morte mi scivolasse addosso, fredda e pesante come l'aria del mattino. Un ragazzo, forse sui trent'anni. Di colore. Nessun documento, nessun nome a cui aggrapparsi per dargli un'identità. Forse senegalese, forse di un'altra parte del mondo, ma era solo un'ipotesi.

Non sembrava un irregolare. Non vestiva come chi vive ai margini, non dava l'impressione di uno che si nasconde o fugge. La giacca era ben tagliata, le scarpe pulite, niente di appariscente ma abbastanza per far capire che non si trattava di un disperato in cerca di espedienti per sopravvivere. Eppure, Trina aveva già deciso la sua storia.

«Dante, lo sai come funzionano queste cose.» La sua voce aveva la sicurezza di chi si sente già dalla parte della ragione. Fece un cenno vago verso il perimetro della zona. «È di sicuro un irregolare. È palesemente entrato in un'area privata. Forse aveva in mente di rubare qualcosa? Chissà. Probabile che sia stato un incidente. Chiudiamo questa storia e dedichiamoci a cose serie.»

Già, un incidente.

Abbassai lo sguardo sul corpo. Il volto era ancora nascosto nell'ombra della mattina, ma il dettaglio che gridava più forte era il collo, ruotato in una torsione innaturale. Non era caduto. Era stato ucciso.

L'odore del sangue rappreso si mescolava a quello della ruggine e della muffa, impregnandosi nell'aria come una verità scomoda che nessuno voleva affrontare. La quiete del posto non era vera quiete: sembrava il silenzio forzato che segue la violenza, come se quello spazio trattenesse ancora il ricordo dell'ultimo istante di vita del ragazzo.

«Ci sono segni di colluttazione sulle mani e sulle braccia,» dissi, senza guardare Trina e ignorando tutto il suo assurdo ragionamento. «Escoriazioni sulle nocche, come se avesse cercato di difendersi. E la testa...» Indicai la torsione innaturale. «Non credo sia compatibile con una caduta accidentale.»

Trina fece quel sorriso storto che conoscevo bene. Arrivava sempre dopo che l'avevo contraddetto e messo in imbarazzo e subito prima che dicesse una stronzata.

«O magari è semplicemente caduto mentre cercava di scappare. Come ti ho già detto.»

Scossi la testa. «Con il collo girato in quel modo? Ti sembra una caduta?»

Nulla di quella scena combaciava con la teoria di Trina. Niente. Se fosse entrato per rubare, come diceva lui, dov'erano i segni di scasso? Se fosse caduto accidentalmente, perché le sue mani raccontavano di una lotta? E soprattutto, chi mai cade da solo spezzandosi il collo in quel modo?

Fu allora che notai il segno.

Sotto la nuca, parzialmente coperto dal sangue rappreso e da una ciocca di capelli sporchi, un tatuaggio emergeva a tratti, inciso nella pelle con linee sottili e decise.

Un triangolo nero, perfetto, con tre punti agli angoli e, al centro, una spirale spezzata che si avvolgeva su se stessa come un serpente geometrico.

Un simbolo che non avevo mai visto prima, ma che mi fece gelare il sangue.

Non per quello che era, ma per quello che evocava: intenzione. Appartenenza. Un significato antico e preciso.

Lo fissai per qualche secondo, senza toccarlo. Lo stampai in mente. Sapevo che non dovevo dimenticarlo.

I poliziotti e i ragazzi della scientifica attorno a noi rimasero immobili. Occhi bassi, schiena rigida, quella consapevolezza scomoda che ti si appiccica addosso quando sai di essere nel giusto, ma non puoi dirlo.

Sapevano che avevo ragione. Tutti.

Ma sapevano anche un'altra cosa, forse ancora più chiara: Trina non avrebbe mai permesso due cose.

Primo, essere contraddetto. Soprattutto da me.

Secondo, che la verità venisse fuori.

Si schiarì la voce, nel modo in cui lo faceva sempre quando voleva cambiare discorso senza farlo sembrare tale.

«Dante, non perdere tempo con questi ragionamenti frivoli. Abbiamo un morto in un cantiere. Era irregolare, punto. Non possiamo sapere cosa cercasse qui dentro. Caso chiuso.»

«Certo... come vuoi. Solo una domanda.» Feci una pausa. «Chi è che vuole chiuso il caso?»

«Non ti seguo.» rispose, con quel tono piccato che usava quando perdeva terreno.

«La Veraldi Costruzioni?» insistetti, senza alzare la voce. Lo vidi irrigidirsi. Colpito. Lo sguardo gli si fece opaco, la mascella si contrasse.

Non rispose. Si voltò di scatto e si allontanò con una scusa qualsiasi, impartendo ordini a un paio di agenti che fingevano di non aver sentito niente.

La Veraldi Costruzioni aveva vinto l'appalto per riqualificare quella zona. Miliardi di euro in gioco, un complesso destinato alla ricerca e agli alloggi per i dipendenti. E ora, un morto nel loro cantiere

L'aria sembrava più pesante. Il silenzio dei presenti un presagio di qualcosa che sarebbe stato messo a tacere.

Villa Aurelia, oggi

Ora, anni dopo, ero nella villa di Alberto Veraldi.

E quella dannata sensazione, quella puzza di inganno e morte, era di nuovo nell'aria.

Questa volta, l'omicidio non era ancora avvenuto.

Ma lo sarebbe stato presto.

E stavolta, l'assassino era proprio davanti a me. Solo che ancora non sapevo chi fosse.

CAPITOLO 4

LA SALA

«Spero che l'assassino non si faccia intimidire» continuò Veraldi, il bicchiere ancora in mano, il sorriso ancora dipinto sulle labbra. «Volevo solo rendere il tutto più interessante.»

Il suo tono era leggero, quasi divertito, ma la sua voce rimbombò nella sala come un colpo secco, lasciando dietro di sé una scia di disagio palpabile.

Perché, tra tutti i poliziotti a suo libro paga, aveva scelto proprio me? Un detective cacciato dalla polizia?

Non avevo mai avuto davvero occasione di conoscere Alberto Veraldi, eppure, in qualche modo, lui conosceva me.

O, almeno, mi aveva osservato abbastanza da sapere che sarei stato l'uomo giusto per il suo folle gioco.

L'unico nostro contatto, se così si poteva chiamare, risaliva a due anni prima.

Un caso chiuso in fretta. Un incidente. Almeno ufficialmente.

Eppure, quell'ombra non mi aveva mai davvero lasciato. Una scia sottile, impercettibile, che continuava a inseguirmi, insinuandosi tra i miei pensieri, lasciandomi addosso la sensazione che ci fosse qualcosa di più.

Forse Veraldi sapeva qualcosa che io ignoravo.

O forse era stato lui stesso a tirare i fili di quella storia, conducendomi esattamente fino a questo momento.

Ma perché? Era questa la domanda che mi tormentava. Non poteva essere una casualità. Non poteva avermi scelto senza un motivo ben preciso. E forse, fino a quel momento, ero stato io a sottovalutare lui.

Se davvero un omicidio stava per essere commesso, allora nessuno in quella villa sarebbe stato del tutto innocente. Complicità e omertà camminano sempre a braccetto. E in un gioco come questo, chi tace acconsente.

Compreso me.

Come detective, avrei dovuto avvisare le autorità, fermare tutto prima che questa messa in scena degenerasse in qualcosa di irreversibile.

Ma prima ancora che potessi formulare un piano, Veraldi interruppe il mio flusso di pensieri, come se mi stesse leggendo nella mente.

«Ah, a proposito...» aggiunse con un tono fin troppo rilassato.

«Per evitare che qualcuno decida di abbandonare la nave prima del tempo, mi sono permesso di bloccare il segnale dei vostri cellulari e di far portare le vostre auto in un deposito a dieci chilometri da qui.»

Un mormorio di protesta si sollevò tra gli ospiti.

Qualcuno si voltò verso gli altri, cercando conferma di aver capito bene.

Veraldi rimase impassibile. Poi alzò una mano, il gesto misurato, quasi annoiato, e zittì tutti.

«Detto ciò...» accennò un sorriso, inclinando appena il bicchiere tra le dita. «Se qualcuno preferisce non stare al gioco, è libero di andarsene. Adesso.»

Gli sguardi si incrociarono. Il silenzio si fece spesso, compatto.

Ma nessuno si mosse.

Nessuno.

La promessa di un miliardo aveva riscritto le regole. Per alcuni era una somma fuori scala, per altri solo un diversivo interessante da aggiungere al proprio impero personale. Ma in mezzo a quella gabbia di squali ben vestiti, nessuno avrebbe rinunciato né ai soldi né all'odore della preda.

Ed era proprio questo, ne ero certo, il vero piano di Veraldi: innescare l'avidità, far leva sull'ego, trasformare l'intera serata in una vetrina di vanità e veleno. Un assassinio? Certo. Ma con stile. Con il pubblico giusto.

E quel silenzio, glaciale e complice, confermò ogni cosa.

Un'ombra sottile, quasi impercettibile, passò sul volto di Veraldi. Soddisfazione.

«Bene. Molto bene.»

Fece scorrere lo sguardo su di noi, il sorriso che gli si allargava sulle labbra era quello di un uomo che ha appena vinto una partita senza nemmeno doverla giocare.

«Che il gioco abbia inizio.»

Poi qualcosa cambiò.

Un movimento, una voce. Qualcuno, in fondo alla sala, si agitava. Fino a un attimo prima era rimasto immobile come tutti gli altri. Ora mormorava frasi spezzate, guardandosi attorno con l'ansia di chi ha appena capito di essere nel posto sbagliato al momento sbagliato. Veraldi non poteva più ignorarlo.

Lo fissò per qualche secondo con un'espressione quasi paterna, poi riprese a parlare con la stessa voce misurata di sempre. Il tono garbato di chi sa tenere il coltello nella mano mentre offre un sorriso.

«Non temete,» disse, con la calma di un anfitrione intento a rassicurare gli ospiti nel mezzo di un banchetto sull'orlo del caos.

«Quando il caso sarà risolto, potrete tornare alle vostre tristi vite. I miei uomini hanno indicazioni di chiamare la polizia alle ore 23.30. A quell'ora, qualunque cosa sia accaduta, avete la mia parola che le vostre auto saranno riportate nel piazzale, il segnale telefonico ripristinato e potrete finalmente tornare a casa.»

Un brivido.

Il piano di Veraldi era più grande di quanto pensassi. Ogni dettaglio, ogni silenzio... previsto.

Due ore e mezza. Non un minuto di più.

Il tempo giusto per far salire la tensione, accendere l'avidità, trasformare una serata elegante in una caccia con un premio da capogiro.

Ma la domanda vera era un'altra. Questa situazione favoriva l'assassino, o lo metteva nei guai? Era un invito a colpire o una trappola studiata per incastrarlo? Sempre ammesso che esistesse davvero un assassino.

Veraldi mi puntò addosso lo sguardo, con quel suo sorriso sottile, enigmatico.

«Detective Dante, mi auguro che esaudisca il mio desiderio e riesca a catturare l'assassino prima che i miei ospiti risolvano l'enigma. Sarebbe un peccato sprecare una fortuna... o morire senza sapere chi ha vinto.»

Lo fissai, sbigottito. A che gioco stava giocando?

Il suo volto non lasciava trasparire nulla. Non era spaventato, né teso. Sembrava quasi... divertito.

Come se il pericolo non lo minacciasse, ma lo eccitasse.

Intorno a me, gli ospiti si scambiarono occhiate incerte, cariche di domande che nessuno sembrava avere il coraggio di formulare ad alta voce. Alcuni mormoravano frasi appena udibili, come se temessero che anche il suono potesse compromettere qualcosa; altri, semplicemente, erano immobili, impietriti, incapaci di elaborare fino in fondo ciò che stava accadendo.

Ma ce n'erano anche altri, pochi, che avevano già cambiato espressione: il loro sguardo si era fatto più cauto, più analitico, come se da un momento all'altro avessero realizzato che la partita era cominciata davvero, e che non si trattava più soltanto di un gioco perverso orchestrato da un megalomane, ma di una vera e propria caccia all'uomo in cui chiunque, teoricamente, poteva essere il cacciatore o la preda.

La fiducia evaporava. Rimaneva solo quella tensione sottile e gelida, che si infilava sotto la pelle e graffiava come vetro.

Erano le 21:00.

Due ore e mezza prima che il sipario calasse. In un modo o nell'altro.

Poi Veraldi riprese, come se stesse annunciando il prossimo numero di uno spettacolo.

«Ora, se volete seguirmi tutti nella sala riunioni, vorrei mostrarvi un breve video.»

Le luci della villa si abbassarono impercettibilmente, e quasi subito una sottile linea luminosa si accese sotto i nostri piedi, tracciando un sentiero silenzioso che conduceva verso una stanza all'estremità opposta dell'edificio.

Per un attimo, ebbi la strana sensazione di trovarmi su un aereo, proprio prima del decollo.

Solo che qui, le uscite di emergenza non erano previste.

Veraldi prese la testa del gruppo con il passo di chi sa di essere al centro della scena, la sua donna agganciata al braccio e due guardie ai lati, come cornice silenziosa di un rituale già scritto.

Camminava con una sicurezza quasi solenne, come se stesse guidando un corteo verso una rivelazione che avrebbe stravolto ogni certezza. Gli altri lo seguirono con lentezza.

Alcuni avanzavano con passi incerti, trascinati più dall'inquietudine che dalla volontà, come se temessero davvero di avvicinarsi troppo a una verità che preferivano ignorare.

Altri mormoravano tra loro, scambiandosi frasi spezzate, parole smozzicate che si dissolvevano nel silenzio rarefatto della villa, senza il coraggio di diventare pensieri compiuti.

Ma la differenza, rispetto a pochi minuti prima, era evidente. Non parlavano più con leggerezza, né con il tono spavaldo tipico degli ambienti che avevano sempre dominato.

Gli sguardi erano cambiati. Ora si misuravano come sfidanti su una scacchiera. Nessuno più parlava: contavano solo le mosse.

Io restavo indietro, osservavo in silenzio, pesando ogni movimento, ogni sguardo, ogni impercettibile esitazione.

Se un assassino era davvero tra noi, questo era il teatro più assurdo in cui colpire.

O forse era il più adatto.

E se tutto quello che avevamo sentito finora era vero, allora qualcuno, in quella sala, stava già pensando alla prossima mossa.

CAPITOLO 5

FUTURO

Alberto Veraldi si mosse con la calma di chi aveva tutto sotto controllo. Sfiorò con lo sguardo il pubblico, poi allungò la mano verso la donna che lo accompagnava e, con un cenno appena visibile, la invitò a sedersi accanto a lui.

«Barbara,» disse con un tono che non era una richiesta, ma una decisione già presa.

Lei non esitò. Senza dire una parola, si accomodò alla sua destra, incrociando le gambe con una grazia naturale, l'espressione imperturbabile. Il lieve movimento del tessuto rivelò appena il pizzo dell'autoreggente, una frazione di secondo sufficiente perché gli sguardi dei presenti si soffermassero su di lei. Non si preoccupò di coprirsi, né finse imbarazzo. Sapeva che la stavano guardando. E sapeva esattamente cosa stava facendo.

Il brusio nella sala si attenuò mentre gli ospiti prendevano posto. Qualcuno tossì, un altro fece schioccare le dita contro il bicchiere, come per spezzare il silenzio carico di tensione.

Poi le luci si abbassarono del tutto.

Un ronzio sottile, come di una vecchia pellicola in movimento, riempì l'aria. Sul grande telo bianco comparvero immagini sgranate, come un vecchio documentario polveroso recuperato dagli archivi di un'altra epoca. Per un attimo sembrò davvero un film dimenticato, un reperto storico di un tempo ormai remoto.

Poi, la voce narrante irruppe nella sala, lenta, cadenzata, quasi ipnotica.

«*Nessuno ha mai creduto che fosse possibile. Eppure, la direzione era quella giusta.*»

Le immagini sullo schermo tremolarono per un istante prima di rivelare una vista aerea di Milano, immersa in una luce dorata, moderna e pulsante, il cuore tecnologico di un'Italia che guardava al futuro.

«*Per secoli, l'uomo ha sognato di spezzare le catene dell'energia limitata, di infrangere le barriere dell'impossibile e di scrivere un nuovo capitolo nella storia della scienza.*»

L'inquadratura cambiò, mostrando un enorme complesso di cemento e vetro, imponente, quasi minaccioso nella sua perfezione.

«*Nel cuore dell'hinterland milanese, celato dietro l'anonima facciata di un edificio brutalista, sorge il Centro di Ricerca Janus, il luogo dove il futuro sta prendendo forma. Da fuori, nulla tradisce la sua vera natura. Ma sotto la superficie... sotto la città... si nasconde il più grande segreto della nostra epoca.*»

Le immagini si immersero nel sottosuolo. Corridoi sterili, laboratori illuminati da luci al neon, uomini e donne in camici bianchi, immersi in calcoli su lavagne digitali.

«*Cinquanta livelli sotterranei. Una città invisibile, un santuario della scienza. Qui, i più grandi fisici, ingegneri e matematici del mondo stanno lavorando a qualcosa che cambierà per sempre il destino dell'umanità: l'energia infinita.»*

L'inquadratura si allargò, rivelando un anello di accelerazione grande quanto un intero quartiere, un colosso metallico che sembrava pulsare di vita propria, avvolto in un bagliore azzurro elettrico.

«Il cuore del progetto è il Reattore Orizzonte, un impianto rivoluzionario capace di spingere le particelle ad una velocità mai raggiunte prima. La teoria alla base è elegante quanto visionaria: aumentare la velocità delle collisioni fino a raggiungere il limite ultimo della fisica conosciuta, il confine assoluto della velocità della luce.»

La telecamera si spostò lungo una galleria illuminata da luci soffuse, attraversata da scienziati impegnati a monitorare schermate ricche di dati incomprensibili per chiunque altro.

«L'idea è semplice nella sua genialità: raggiungere l'energia quantistica pura, una fonte inesauribile, capace di alimentare intere nazioni senza combustibili fossili, senza inquinamento, senza limiti. Il sogno di Tesla, la visione di Einstein, la più grande ambizione dell'uomo: creare energia dal nulla, libera, pulita, eterna.»

Le immagini tornarono sul Super-Acceleratore X-99, la sua struttura massiccia vibrante sotto la pressione dell'esperimento. Schermi digitali mostravano sequenze di numeri che aumentavano vertiginosamente.

«I primi test furono un successo oltre ogni aspettativa. L'acceleratore X-99 riuscì a portare le particelle a 0,99999c, il 99,9999% della velocità della luce. Mai, nella storia della scienza, si era arrivati così vicini al confine dell'assoluto.»

Poi, un'anomalia. Luci rosse lampeggianti, schermi in tilt, valori fuori scala.

«Quando il sistema raggiunse la soglia critica, si manifestò una forza nuova. Un'oscillazione quantistica mai osservata prima interferì con l'energia generata dalle collisioni. Non era soltanto energia: era qualcosa di imprevisto, di sconosciuto... e, in un certo senso, magnifico.»

Sul video, la ripresa si fermò su una schermata: una curva che non avrebbe dovuto esserci. Un valore che sfidava ogni legge della fisica.

«Nessuno era pronto. Avevamo superato le nostre aspettative, ma anche varcato una soglia che non avevamo previsto, e che dovevamo imparare a comprendere. Per questo, l'acceleratore e il reattore vennero spenti d'urgenza. In quel momento fu chiaro che il Centro di Ricerca Janus non era abbastanza grande. Né abbastanza sicuro. Milano non poteva più ospitare il passo successivo.»

L'inquadratura si spostò su una nuova planimetria.

«Si prese una decisione. Sofferta, ma necessaria. Il progetto doveva essere trasferito. Lontano. In un luogo protetto, sicuro, isolato. Nulla poteva più fermarci. Il nuovo mondo era lì, e noi eravamo pronti a scoprirlo. A farlo nostro.»

Lo schermo si spense. La sala rimase immersa nell'oscurità per un attimo che parve eterno. Poi, le luci si riaccesero. Gli ospiti erano sbigottiti. Non Barbara.

Alberto si alzò lentamente, come se avesse atteso quel momento da sempre.

«Adesso sapete. O almeno... cominciate a intuire.»

Lasciò passare un istante. Il suo sguardo si posò, lento, su ciascuno dei presenti.

«Vi ho mostrato ciò che ci attende perché il tempo delle illusioni è finito. Questo non è un progetto, è un passaggio. Un varco. Chi lo attraverserà per primo, guiderà il mondo che verrà. Gli altri... resteranno indietro. Come sempre.»

Il suo tono si fece più tagliente.

«Per secoli, l'umanità ha ceduto il potere a chi controllava l'energia. Petrolio. Uranio. Silicio. Ma ciò che abbiamo ora... è puro potere. Illimitato. Incontrollabile. E non sarà gratis.»

Un brivido silenzioso percorse la sala.

«Abbiamo bisogno di investimenti. Ma non solo denaro. Serve coraggio. Fede cieca. Per chi è disposto a rischiare, ci sono ricompense che sfidano l'immaginazione. Ma attenzione: chi resta fuori oggi... domani non sarà più invitato.»

Fece un cenno. Gli assistenti si mossero tra le file, discreti come ombre.

«Vi verranno consegnati dei tablet. Inserite la vostra offerta entro mezz'ora. Cifra minima: cinquanta milioni. Non vi chiedo di comprare una quota. Vi offro una posizione nel nuovo ordine. Semplice: o vi schierate con il futuro, o verrete sepolti dal passato.»

Si voltò verso l'uscita, poi si fermò, con un sorriso che non raggiunse mai gli occhi.

«Nel frattempo, godetevi il buffet. Io ho bisogno di un momento per me. Il futuro, come sempre, richiede silenzio... e decisioni irrevocabili.»

Si allontanò, seguito dalle sue due guardie. Prima di sparire dalla vista, si voltò verso Barbara, le prese la mano e la sfiorò con un bacio leggero, quasi distratto.

Lo seguii con lo sguardo mentre si allontanava tra le colonne di marmo. Lo vidi riapparire poco dopo, sempre scortato, mentre imboccava un corridoio laterale che conduceva a quello che sembrava uno studio. Le due guardie si fermarono davanti all'ingresso, immobili, prendendo posizione come statue.

Fu in quel momento che accadde qualcosa.

Un cameriere, con il vassoio vuoto stretto contro il petto, sbucò dal corridoio opposto con passo affrettato, quasi nervoso. Stava andando via in direzione contraria, e per un attimo rischiò di urtare Veraldi. Si scansò all'ultimo, con un movimento goffo e troppo rapido per essere quello di un professionista abituato all'eleganza.

Veraldi si fermò appena, come infastidito, ma non disse nulla. Entrò nello studio senza voltarsi.

Io invece fissai il cameriere mentre scompariva nella folla. Aveva il viso abbassato, ma qualcosa nel modo in cui camminava, o forse nelle spalle curve, mi parve familiare. Non riuscii a vederlo bene, ma per un istante...

Ebbi la netta sensazione di averlo già visto.

Intorno a me, gli ospiti, ancora storditi da quanto avevano appena assistito, cominciavano a muoversi verso il buffet, scambiandosi sguardi carichi di tensione e frasi smorzate dal timore.

Poi Barbara mi raggiunse. Il suo sorriso era disinvolto, ma i suoi occhi raccontavano un'altra storia.

Inclinò appena la testa e mi fissò con un'intensità studiata. «Sembra che tu sia l'unico sano di mente qui dentro,» sussurrò con leggerezza, la voce appena percettibile.

Si avvicinò ancora di più, tanto che sentii il suo respiro sfiorarmi la pelle. Poi, con un sussurro appena incrinato dall'emozione, disse solo due parole:

«Ho paura.»

E subito dopo, come se nulla fosse, tornò a ridere. Un suono breve, quasi forzato, che lasciava dietro di sé un'eco inquietante.

Erano le 21:30, e in quel momento capii con assoluta certezza che nulla, in quella villa, era come sembrava.

CAPITOLO 6

IMPOSSIBILE

L'aria era gonfia di silenzi e sorrisi stonati. Gli sguardi si sfioravano, ma nessuno voleva davvero incontrarne un altro. Una tensione sottile scorreva nella stanza, come un filo elettrico sotto il pavimento. Invisibile, ma presente. Sembrava che tutti gli invitati stessero recitando una parte. I gesti sembravano prove da palcoscenico, i sorrisi coltelli lucidati. Tutti avevano qualcosa da nascondere.

Osservavo, come sempre. Per istinto, ma anche per mestiere. Scrutavo ogni volto, cercando il punto debole, il gesto maldestro che tradisse qualcosa. Ma era un'impresa disperata. Troppa gente. Troppi spazi. A turno sparivano e riapparivano, come se la villa avesse crepe vive e li risucchiasse per poi sputarli altrove.

E Barbara...

Barbara continuava a parlare con voce calma e perfetta, ma sotto quel controllo c'era qualcosa che scricchiolava

Mi chiedeva cosa ne pensassi del progetto di Veraldi, delle sue possibilità di riuscita, delle implicazioni politiche, finanziarie, perfino etiche.

Era una recita, pensata per tenermi distratto. E forse funzionava.

Perché mentre parlava, qualcosa accadeva. Qualcosa che lei non voleva, o non poteva, condividere con me.

Perché non faceva più cenno alla paura che l'aveva attraversata poco prima?

Perché, quando cercai di riportarla su quell'argomento, scivolò via con una grazia quasi innaturale, come una foglia sospinta dal vento? I suoi occhi, però, dicevano altro. Si muovevano a scatti, inquieti. Cercavano. Ma non era chiaro cosa. E le sue dita, strette attorno al gambo del calice, tremavano appena. Un dettaglio impercettibile. Ma io lo notai.

Poi, qualcosa attirò la mia attenzione.

Alcuni camerieri, silenziosi, quasi invisibili, attraversarono il salone per ritirare i tablet. Lo fecero in modo rapido, misurato, come se fosse tutto parte di un protocollo rodato.

Li osservai con attenzione. Nessuno protestò. Nessuno esitò. Ero certo che nessuno si fosse tirato indietro. Tutti avevano confermato la propria adesione. Troppo ghiotta l'occasione. Troppo seducente il richiamo del potere per dire di no.

Erano uomini abituati a ottenere tutto. Predatori in giacca su misura, oligarchi travestiti da filantropi, industriali con la fame negli occhi. E come tutti i predatori, avevano fiutato il sangue prima ancora di capire da dove provenisse.

Veraldi non aveva detto tutto. Non ne aveva avuto bisogno. Ma aveva saturato l'ambiente di promesse e detonazioni. Un omicidio annunciato, non uno qualsiasi: il suo. Una taglia da un miliardo di euro per chi ne avesse svelato il colpevole.

E poi, l'ultima rivelazione: un progetto di energia eterna, ricchezza illimitata, un futuro riservato a chi avesse avuto il coraggio, o l'avidità, di investire.

Era tutto vago, instabile, volutamente incompleto.

Ma bastava.

A quegli uomini non interessava capire.

Volevano vincere.

Veraldi aveva pronunciato le due parole magiche: potere e denaro.

E con quelle aveva ottenuto ciò che voleva: un esercito.

O qualcosa di peggio. Una setta. Un culto.

Io però... io non riuscivo a stare al gioco.

La mia mente correva. Cercava i pezzi mancanti.

Perché annunciare la sua possibile morte e poi parlare di futuro? Perché offrire una taglia e, un attimo dopo, lanciare una raccolta fondi mascherata da investimento?

Era tutto così... illogico.

Ero sul punto di andare da Barbara, o da qualcuno degli altri invitati. Chiedere. Frugare. Forzare i sorrisi e rompere la facciata.

Stavo per farlo. Quando accadde.

Le luci si spensero.

Non un semplice abbassamento di tensione, non uno sfarfallio intermittente come accade quando la corrente sta per cedere. Buio. Assoluto.

Ci fu un attimo di silenzio sospeso, un momento in cui tutti sembrarono trattenere il respiro contemporaneamente. Poi, quasi a cascata, il rumore dell'incertezza si diffuse nel salone.

«Che diavolo...?»

«Si è spenta la luce!»

«Qualcuno ha toccato qualcosa?»

Una voce femminile si spezzò in un piccolo grido soffocato e nel buio sentii distintamente il rumore di un bicchiere che si infrangeva contro il pavimento. La mia mano si mosse d'istinto, cercando Barbara accanto a me, ma lei era già sparita nell'oscurità.

Cinque, sei secondi.

Un fruscio di vestiti, passi svelti sul pavimento lucido, un respiro trattenuto poco lontano da me.

Sette, otto secondi...

Poi, un colpo di pistola squarciò l'aria.

Il suono fu assordante, un'unica detonazione netta, precisa, seguita da un silenzio innaturale, più pesante di prima. Gli ospiti si immobilizzarono, i volti ancora segnati dal buio, gli occhi sgranati, i muscoli tesi in un'attesa carica di terrore.

E un attimo dopo, con uno sfarfallio nervoso, le luci si riaccesero. Quasi all'unisono, tutti si voltarono in direzione dello studio di Alberto Veraldi.

Per un istante nulla si mosse. E come se un interruttore fosse stato premuto, il personale di sicurezza si precipitò verso la porta blindata.

Mi mossi con loro, sentendo l'adrenalina scorrere nelle vene, mentre il mio cervello cercava già di dare un senso a ciò che stava accadendo.

Uno degli uomini, un colosso con una cicatrice che gli tagliava il sopracciglio, afferrò la maniglia e provò ad aprire la porta.

Nulla.

Provò ancora, con più forza, poi si voltò verso gli altri.

«È chiusa!»

Un altro agente si avvicinò e bussò con il pugno chiuso, il rumore rimbombò nel corridoio come un colpo secco.

«Dottor Veraldi!»

Silenzio.

«Signore, mi sente?»

Ancora silenzio.

L'angoscia cominciò a farsi più pesante, come un'ombra che cresceva nella stanza.

«Dobbiamo sfondarla.»

Uno degli uomini della sicurezza afferrò la radio. «Portate la chiave di sicurezza, subito!»

Una voce gracchiò dall'altra parte. «Arrivo.»

L'attesa fu di pochi secondi, ma sembrò infinita. Poi un uomo comparve, ansimante, la chiave già tra le dita. La infilò nella serratura e fece scattare il meccanismo con un clic metallico.

La porta restò chiusa.

«Dannazione!» imprecò il capo della sicurezza, cercando di spingere con il peso del corpo. «È bloccata dall'interno!»

Mi avvicinai alla fessura tra la porta e il telaio. Nessuna luce filtrava dall'interno.

Se nessuno era entrato e nessuno era uscito, chi aveva sparato?

Barbara era al mio fianco, immobile, il viso più pallido che mai. Le sue labbra si erano schiuse, come se volesse dire qualcosa, ma nessun suono uscì dalla sua bocca.

La sua mano si serrò intorno al mio braccio.

«Dante...»

Non avevo tempo per rassicurarla.

Mi voltai verso il personale di servizio.

«Esiste un altro ingresso a quello studio?»

L'uomo scosse di capo.

«Nessuna finestra? Un passaggio segreto?»

«No, signore.»

«Una seconda uscita?»

Silenzio.

Fu allora che uno degli uomini della sicurezza alzò la testa di scatto, come se un pensiero improvviso gli avesse attraversato la mente.

«Le telecamere!»

Lo guardai e per la prima volta da quando tutto era iniziato sentii un filo di speranza.

Era l'unico modo per sapere cosa fosse successo lì dentro.

Mi voltai verso il corridoio.

«Portatemi alla sala di controllo.»

Le guardie non aspettarono altro.

Ci muovemmo veloci, il suono dei nostri passi echeggiava nel silenzio teso.

Sapevo che avremmo trovato delle risposte.

Ma non ero certo che sarebbero state quelle che speravo di trovare.

CAPITOLO 7

TELECAMERE

Il corridoio che conduceva alla sala di controllo era immerso in un silenzio innaturale, interrotto solo dal suono sordo dei nostri passi sul pavimento in marmo. Un silenzio diverso da quello lasciato nel salone: più denso, carico di attesa, come se qualcosa, ancora indefinibile, stesse per accadere. Mi sembrava quasi che le pareti trattenessero il respiro, come se l'intera villa fosse in ascolto. Barbara camminava accanto a me con passo rapido e nervoso. Non parlava, ma la tensione nelle sue spalle rigide diceva più di qualsiasi parola. Aveva le mani serrate, come a volersi aggrappare a qualcosa di solido, come se il movimento fosse l'unico modo per non cedere alla paura.

Le guardie aprirono la porta della sala di sorveglianza digitando un codice numerico. Un clic metallico, poi la pesante lastra d'acciaio si spalancò. Entrammo.

L'ambiente era opprimente, illuminato soltanto dal bagliore azzurrino degli schermi che tappezzavano la parete di fronte a noi. L'aria sapeva di plastica surriscaldata e caffè raffermo. Ogni monitor mostrava un angolo della villa: saloni, corridoi, giardino. Un occhio digitale che scrutava tutto senza mai dormire.

Teoricamente, nulla sarebbe dovuto sfuggire a quel sistema di sorveglianza.

45

Eppure, qualcosa non tornava.

Il responsabile della sicurezza — anche se a vederlo da vicino sembrava più un ragazzo catapultato in un ruolo troppo grande per lui — si alzò bruscamente dalla postazione, facendo quasi rovesciare la sedia girevole contro il muro. Doveva avere poco più di trent'anni, forse meno. Gli occhiali dalla montatura spessa gli ingrandivano gli occhi, accentuandone l'espressione smarrita. Indossava una camicia chiara che sembrava appartenere a un'epoca in cui il suo girovita era più clemente.

Il sudore gli colava dalla fronte a rivoli irregolari, come se il panico stesse tracciando sulla sua pelle una mappa invisibile.

Fu allora che notai un dettaglio fuori posto.

Nonostante il caldo opprimente e il caos della serata, il ragazzo teneva il colletto della camicia abbottonato fino all'ultimo bottone. Una scelta anomala, quasi innaturale. Soprattutto lì, dove abbondavano giacche slacciate, maniche arrotolate e cravatte molli.

Mi accostai di un passo, fingendo di osservare i monitor. In realtà, osservavo lui.

Sotto il colletto, proprio sul lato del collo, qualcosa di scuro sembrava affiorare dalla stoffa. Una curva sottile, forse parte di un disegno. Non abbastanza per comprenderne il significato, ma sufficiente a generare un sospetto.

Un tatuaggio. Nascosto deliberatamente.

Un segno. Bastava quello. In un posto dove ogni imperfezione è un rischio.

«Signore...» balbettò, con voce incerta e spezzata dall'ansia. «C'è un problema.»

Non risposi subito. I miei occhi erano già incollati allo schermo più grande, dove un'immagine era rimasta immobile. Qualcosa, in quella staticità, trasmetteva un disagio sordo. Come una nota fuori scala che sfregia un'armonia perfetta.

«Mostratemi la registrazione dello studio di Veraldi prima del blackout» ordinai, mantenendo la voce ferma, anche se dentro sentivo crescere una vibrazione sottile, simile a quella che precede un temporale.

Il ragazzo annuì senza fiatare, visibilmente scosso. Fece scorrere il mouse con movimenti incerti, tremolanti, come se temesse ciò che stava per scoprire. Cliccò su uno dei quadranti e, dopo un breve caricamento, il video cominciò a scorrere.

Alberto Veraldi apparve sullo schermo. Era seduto alla scrivania del suo studio privato, immerso in un pensiero troppo ingombrante per lasciargli spazio di movimento. La telecamera, posizionata in alto, lo riprendeva leggermente di lato. Il busto piegato in avanti, il viso parzialmente in ombra, mentre la mano destra, armata di una stilografica elegante, si muoveva rapida su un foglio bianco.

Scriveva come si respira quando manca l'aria. Non era pensiero, era sopravvivenza. Poi si fermò di colpo, come se il pensiero si fosse spezzato, come se qualcosa avesse improvvisamente svuotato il significato dalle parole.

Restò immobile per alcuni secondi, le spalle leggermente contratte. Sollevò la testa lentamente, come obbligato da una presenza invisibile. I suoi occhi fissavano il foglio, ma era chiaro che guardasse altrove. Oltre. Verso qualcosa che il video non poteva mostrare.

Si alzò dalla sedia senza fretta, ma con quella tensione nervosa che tradisce una mente sull'orlo del precipizio. Cominciò a camminare avanti e indietro, con un'andatura irregolare, quasi automatica, come se cercasse una via di fuga che la stanza non offriva. Prese una bottiglia, si versò un drink in un bicchiere, ma non bevve. Lo tenne stretto nella mano destra.

Si passò l'altra mano tra i capelli, con gesti ripetitivi. Affondava le dita nella nuca, mentre il volto si contorceva in una smorfia che non era solo preoccupazione: era paura. Forse consapevolezza. La telecamera, troppo alta, non permetteva di capire cosa stesse guardando, ma ogni movimento era carico di una tensione latente. Come se sentisse una presenza. Una che noi, da lì, non potevamo vedere.

Poi accadde.

Il blackout.

Un tremolio impercettibile e il monitor si spense. Nero profondo. Quando tornò l'immagine, nulla era più come prima.

Veraldi era a terra. Il corpo immobile sul tappeto, disteso in modo innaturale, come una marionetta spezzata, gettata via da una mano invisibile. Il sangue aveva già formato una pozza scura, che si allargava con lentezza quasi rituale, assorbita dalle trame fitte del tappeto persiano.

Nessuna figura visibile nella stanza. Nessuna ombra. Nessuna porta aperta. Solo lui.

Il tecnico trattenne il fiato, la mano ancora sospesa sulla tastiera. Barbara fece un passo indietro, come se quell'immagine l'avesse colpita al petto, come se la morte, attraverso lo schermo, avesse cercato di oltrepassare il vetro.

«Dio...» sussurrò, senza riuscire a distogliere lo sguardo.

Mi avvicinai ancora di più al monitor, scrutando ogni dettaglio con la freddezza di chi sa che ogni errore di lettura può costare la verità. Il corpo era riverso, il braccio destro ripiegato sotto il busto, in una posizione che sfidava ogni logica fisiologica. Il volto girato verso il tappeto, coperto in modo tale da renderne invisibile l'espressione. Il sangue continuava ad allargarsi, lento, insinuandosi sotto i mobili, scolorendo le geometrie perfette del tessuto.

Eppure, c'era qualcosa che non tornava.

Non c'era alcuna arma visibile.

Nessuna pistola, nessun coltello, nessun oggetto fuori posto che potesse spiegare la presenza di tutto quel sangue. La scena era vuota, sterilizzata, quasi troppo pulita per essere vera.

«Dov'è l'arma?» mormorai, più a me stesso che agli altri. La domanda non aveva bisogno di risposta: era un'assenza che urlava. Barbara si voltò lentamente. Il suo viso era pallido, contratto da un dubbio che non voleva nominare.

«Vuoi dire che... qualcuno è entrato? Che l'ha ucciso?»

Non risposi subito. Restai in silenzio, gli occhi fissi sul corpo abbandonato sul pavimento come un sacco svuotato. Ogni dettaglio parlava chiaro. Eppure, tutto taceva.

Poi annuii, a denti stretti, sentendo la consapevolezza insinuarsi fredda, metodica, dietro lo sterno.

«Non lo so. Non posso dirti con certezza se qualcuno è entrato, ma so cosa non è successo. Non si è suicidato.»

Continuai a fissare il monitor, osservando la posizione delle mani, la torsione innaturale del collo, il vuoto attorno.

«Qualcuno ha sparato... ed è sparito. Senza lasciare nemmeno un'ombra.»

Mi voltai, lento, verso il tecnico della sicurezza.

«Ci sono altre telecamere? Puoi allargare la visuale?» La mia voce era ferma, ma dentro mi graffiava la certezza. «Dove diamine è finita l'arma?»

L'uomo deglutì. Le dita esitavano sulla tastiera. Riavvolse il filmato come se sperasse che qualcosa fosse sfuggito, che magari, con un po' di fortuna, la pistola comparisse all'improvviso. Ma la scena era ferma. Gelida. Definitiva.

«Non c'è, signore. È l'unica telecamera. Ed è fissa.»

Mi passai una mano sul viso. Non per stanchezza, ma per contenere l'irritazione.

Non tornava nulla.

Se si fosse sparato da solo, la pistola avrebbe dovuto essere lì. A un metro, a mezzo metro. Vicino. Ma non c'era.

E se qualcuno l'avesse ucciso... come diavolo era uscito? Perché nessuno l'aveva visto?

Non avevamo un corpo. Avevamo un enigma.

Oppure... era tutto orchestrato.

Un trucco. Una messinscena chirurgica, messa in atto da qualcuno che conosceva ogni angolo di quella villa, ogni interstizio, ogni telecamera.

Ma chi?

Chi poteva avere quel tipo di controllo? E perché mettere in scena un suicidio?

Se davvero era così, allora tutti quelli che lavoravano lì dentro erano complici.

Perché il sistema di sicurezza... era a prova di fuga.

O almeno, avrebbe dovuto esserlo.

«Mostratemi le immagini dello studio. Voglio vedere cosa è successo prima dell'ingresso di Veraldi. E voglio vedere cosa è accaduto prima del blackout. Qualsiasi movimento, anche il più banale.»

L'uomo annuì e fece scorrere nuovamente il filmato all'indietro. Le immagini ripresero vita, il tempo si riavvolse sullo schermo. Il corridoio davanti allo studio si popolò di nuovo: camerieri che si muovevano rapidi, ospiti distratti, guardie immobili come sentinelle. Tutto appariva normale.

Ma non c'era nulla.

Nessuno si era avvicinato alla porta. Nessuno era entrato. Il video lo mostrava chiaramente: nei minuti precedenti al blackout, Veraldi era solo. Eppure qualcosa non tornava.

«Ferma. Blocca il video. Torna indietro,» dissi, senza nemmeno cercare di mascherare la tensione nella voce.

Il tecnico obbedì, confuso.

«Ecco... qui. Lo vedi?»

«Cosa, signore?» chiese, scrutando lo schermo.

«Qui, cazzo. Guarda l'ombra. Lì, davanti alla porta. Ma non c'è nessuno. Com'è possibile?»

Il ragazzo esitò. «Io... non capisco. Non dovrebbe esserci.» Lo fissai. Lo schermo mostrava il corridoio deserto, eppure quell'ombra era lì, netta, come proiettata da una figura invisibile. Un'illusione? Un'interferenza? O qualcosa di peggio?

«Questa villa ha un sistema di backup, giusto? Un generatore d'emergenza, una batteria tampone... qualcosa che entri in funzione quando salta la corrente?» chiesi, già sapendo che la risposta non mi sarebbe piaciuta.

Il responsabile della sicurezza, preso alla sprovvista, si girò di scatto. «Certo. Sì. Solo che...»

Si bloccò. Cercò le parole, ma non le trovò. «Solo che non si sono attivati. Ecco. Non so perché.»

Lo fissai negli occhi. L'esitazione, il respiro corto, la leggera contrazione delle labbra: erano tutti segnali che conoscevo fin troppo bene. Era spaventato. E non solo da me.

«Come diavolo fai a non saperlo? Non è il tuo lavoro verificare che tutto funzioni?»

Il tono mi uscì più duro del previsto, ma sotto la rabbia c'era qualcosa di peggiore: la sensazione crescente che nulla fosse stato casuale.

«Ha ragione, signore. Le assicuro che facciamo controlli settimanali. Il sistema rileva automaticamente ogni anomalia. E oggi non ha segnalato niente. Nessun allarme. Tutto risultava perfettamente in funzione. Fino al blackout.»

Chiusi gli occhi per un istante, tentando di mettere ordine tra le informazioni.

«Potrebbe non essere un guasto. Avete preso in considerazione l'ipotesi di un attacco dall'esterno?»

Il tecnico della sicurezza, ancora pallido, abbassò la voce. «Temo si tratti di un attacco informatico. Un hackeraggio, insomma. Ma al momento è solo un'ipotesi. Sto analizzando i log. Se qualcuno è entrato nel sistema, ci sarà una traccia. Ma per ora non ho prove.»

Un blackout perfettamente sincronizzato. Un sistema d'emergenza che non risponde. Nessun segnale di malfunzionamento in tempo reale. Una stanza blindata, con una sola persona dentro. E dopo il buio, più nessun movimento. Nessun ingresso. Nessuna uscita.

Era tutto troppo preciso. Troppo pulito.

«Controllate il generatore. Voglio sapere se è stato manomesso. Se qualcuno ci ha messo mano, deve aver lasciato qualcosa. Tracce, accessi, file. Qualsiasi cosa.»

Il tecnico annuì, mentre le sue dita ricominciavano a battere rapide sulla tastiera.

«Sto già recuperando i log del sistema centrale e dei sottosistemi. Ma anche lì... qualcosa non torna. Incrociando gli orari, non combaciano. È come se una parte fosse stata cancellata o... deviata.»

Inspirai lentamente. Dentro di me, ogni istinto urlava che quella scena non apparteneva al caso né alla follia. Non era un suicidio, né un omicidio impulsivo. Chi aveva agito, lo aveva fatto con lucidità, premeditazione e controllo. Ogni elemento, la corrente, i sistemi, le telecamere, era stato piegato al suo disegno. Non stavamo osservando una tragedia. Stavamo leggendo un messaggio.

E in quel momento, un urlo squarciò l'aria.

Un grido acuto, tagliente, animalesco. Un urlo di donna.

Mi voltai di scatto, già in movimento. «Da dove viene?» chiesi, mentre il cuore martellava.

Il tecnico balzò sul mouse, cliccando tra le schermate delle telecamere in diretta. Una dopo l'altra scorrevano rapide finché si fermarono.

Tutti gli occhi si fissarono sullo schermo.

Il bagno degli ospiti. Porta spalancata. Un'ombra appena percettibile sul marmo chiaro.

E poi, inconfondibile, una macchia.

Sangue.

Rosso vivo. Fresco. Più fresco di quello visto nello studio di Veraldi. Troppo fresco.

La telecamera, posizionata per garantire la privacy, non permetteva di vedere l'interno. Ma bastavano quel grido e quella chiazza sul pavimento.

Un nodo mi strinse lo stomaco.

«C'è un altro corpo,» sussurrai. «Forse un altro morto.»

Le parole rimasero lì, sospese. Un secondo, poi un altro. Il silenzio si caricò di un'intuizione che nessuno osava ancora formulare, ma che tutti, dentro, avevamo già compreso.

Qualcuno stava uccidendo.

E non aveva ancora finito.

CAPITOLO 8

LA LISTA

«Voglio un elenco completo di tutte le persone che si sono allontanate dalla zona buffet e si sono avvicinate allo studio di Veraldi tra la fine della proiezione e il momento dello sparo,» dissi al tecnico, con una voce bassa ma tagliente, carica di un'autorità che non ammetteva repliche.

«E voglio sapere chi è entrato in quel bagno negli ultimi trenta minuti. Nome, cognome e ruolo: ospiti o personale in servizio. Nessuna eccezione.»

L'uomo annuì freneticamente, le dita che correvano sulla tastiera con una velocità che tradiva la sua ansia. Il rumore dei tasti era l'unico suono nella stanza, un ticchettio incessante che mi faceva fremere di impazienza.

«Ci vorrà qualche istante,» disse, la voce tesa.

Mi girai verso gli uomini della sicurezza alle mie spalle.

«Nessuno deve uscire dalla villa. Voglio che tutti gli ospiti, il personale di servizio e le altre guardie, siano portati nella sala dove abbiamo visto il video. Tutti.»

Ovviamente sapevo che già per volere di Veraldi la zona era in una sorta di quarantena ma era opportuno ribadire che, in questo momento, a maggior ragione, non si poteva concedere a nessuno la possibilità di allontanarsi.

Gli uomini si scambiarono un'occhiata.

«Anche il personale?» chiese uno di loro, incerto.

«Soprattutto il personale,» ribadii. «A parte il tecnico che rimane qui a controllare i monitor, voglio ogni singola persona in quella stanza. Nessuno escluso.»

L'uomo esitò solo un attimo prima di annuire e uscire rapidamente per eseguire il mio ordine.

Tornai verso i monitor, il cuore che batteva in modo irregolare mentre il tecnico scorreva i dati. La schermata mostrava nomi, orari, percorsi registrati dalle telecamere con il sistema di riconoscimento facciale.

«Ecco i dati,» disse infine, spostandosi leggermente per farmi spazio. Il problema è che per volontà del signor Veraldi non abbiamo telecamere che puntano ne direttamente al suo studio e ovviamente dentro il bagno. Ma grazie al nostro servizio di AI che ha analizzato le riprese video abbiamo questi risultati.

Mi chinai sullo schermo, gli occhi che correvano veloci sulla lista.

Soggetti che si sono allontanati dalla zona buffet per almeno un minuto tra la fine della proiezione e lo sparo:

1. **Alessandra Moretti** - cameriera:
   21.32 - È arrivata davanti all'entrata dello studio e poi è tornata indietro.
2. **Cesare Lombardi** - ospite:
   21.36 - Va in direzione dello studio, poi torna indietro.
3. **Dottor Paolo Greco** - ospite:
   21.37 - Due minuti, attraversa il salone in direzione dello studio e poi sparisce dietro una porta di servizio.
4. **Guido Sartori** - ospite:
   21.38 - Un minuto e mezzo, diretto verso lo studio di Veraldi, poi va verso il piano superiore.

Persone entrate nel bagno degli ospiti negli ultimi trenta minuti:
1. **Giovanni Marini** - chef della villa:
   22.02 – Entra per un minuto e venti secondi, venti minuti prima del ritrovamento del corpo.
2. **Cesare Lombardi** - ospite:
   22.09 - Cinque minuti, poi è uscito.
3. **Federico Rinaldi** - ospite:
   22.10 - Ultima persona entrata. Mai uscito.
4. **Signora Ludovica Ferri** - ospite:
   22.11 - È entrata per due minuti, poi è uscita.
5. **Alessandra Moretti** - cameriera:
   22.20 - rimasta davanti all'entrata per più di cinque minuti.

Alcuni nomi si ripetevano, coincidenze o c'era dell'altro?

Un groviglio di percorsi, tracce spezzate, movimenti che si erano incrociati nel buio. Tutto sembrava convergere verso un punto cieco. Troppi interrogativi si accavallavano nella mia mente, come voci che parlano tutte insieme, e nessuna portava a una risposta.

Qualcun altro, da qualche parte, era probabilmente morto. Oppure ferito. Ma chi? Chi aveva avuto il tempo di raggiungere il bagno, di colpire, di sparire senza lasciare alcun segno?

«Stampami la lista degli ospiti e del personale presente nella villa,» ordinai con tono secco al tecnico della sicurezza.

L'uomo non fece domande. Annuì con un'espressione rigida, quasi sollevato di avere un compito preciso a cui aggrapparsi. La stampante emise un ronzio sommesso, poi il foglio scivolò fuori dal vassoio con un fruscio quasi impercettibile. Lo presi, piegandolo con un gesto meccanico e infilandolo nella tasca interna della giacca senza nemmeno guardarlo.

«Continua a monitorare tutto, ogni telecamera, ogni movimento. Se qualcuno si muove in zone non sorvegliate, voglio saperlo prima che succeda altro.»

Lui annuì di nuovo, le dita già di nuovo in corsa sulla tastiera. Mi voltai verso Barbara. Era immobile, lo sguardo incollato sullo schermo spento, gli occhi dilatati, ancora scossi. Non aveva detto una parola da quando avevamo visto il corpo di Veraldi.

«Vieni con me,» dissi semplicemente. E lei mi seguì senza chiedere niente, senza bisogno di spiegazioni.

Il corridoio che conduceva al bagno degli ospiti mi parve più lungo del solito, come se l'intera villa si stesse rimodellando per celare i segreti che l'avevano invasa. A ogni passo, cresceva quella sensazione sorda di qualcosa sul punto di cedere, un ronzio persistente che si insinuava nelle orecchie.

Quando arrivammo, fu il silenzio a colpirci per primo. Un silenzio innaturale, teso, simile a quello che rimane sospeso nell'aria dopo uno sparo in un vicolo.

Poi vidi il pavimento. Vetri dappertutto. Frammenti di bicchieri ovunque, come se il vassoio che li conteneva fosse esploso in mille pezzi contro il marmo e l'urto fosse stato così violento da spingerli dove non avrebbero dovuto essere. E, tra quei cocci, l'odore acre e dolciastro di whisky si mescolava all'aria. Qualcuno aveva fatto cadere tutto. Non per sbaglio, ma per terrore.

L'ingresso al bagno era stretto, quasi soffocante. Superata la prima porta, davanti a noi si apriva la fila dei servizi: quelle classiche porte da locale pubblico, leggere, anonime, con la serratura che si chiude solo dall'interno e sollevate da terra di almeno una spanna. Ed era proprio da quel vuoto, da quell'intercapedine lasciata scoperta, che si alimentava la chiazza di sangue. Un filo scuro, sottile, inesorabile, che serpeggiava sul marmo come una crepa che si allargava. Una scia lungo le fughe delle piastrelle ed era arrivato fino all'ingresso. Alla nostra sinistra e alla nostra destra altre due porte, chiuse. In tutto cinque, su quel piccolo corridoio. Di fronte, i lavandini e gli specchi che riflettevano la luce fioca, restituendo immagini frammentate. C'era qualcosa di stonato in quella scena ma ancora non riuscivo a capire cosa.

Davanti alla porta del bagno, due guardie. Una di loro si voltò appena quando ci vide arrivare. «La porta è chiusa. Stanno aspettando il tecnico per aprirla.» La voce era piatta, ma negli occhi c'era lo stesso terrore che sentivo addosso a Barbara.

«Non abbiamo tempo per i tecnici,» risposi. Feci un cenno alla guardia più vicina. Lui capì senza bisogno di altre parole e caricò la spalla contro la porta. Il colpo risuonò sordo e violento, tanto che uno dei cardini superiori cedette con uno schiocco secco. La porta si aprì di scatto, piegata in alto, rivelando non solo la scarsa qualità del legno e del metallo che la reggevano, ma anche dell'impianto elettrico: un filo nero, sottile, penzolava indisturbato dal varco che il cardine aveva lasciato, come se qualcuno l'avesse infilato lì in fretta, sperando che nessuno lo notasse.

Oltre la soglia, l'orrore aveva preso forma. Il corpo di un uomo giaceva sul pavimento chiaro, la faccia rivolta verso terra, le braccia distese lungo il corpo. Dalla schiena sporgeva la lama di un coltello, piantata con un'accuratezza che non era frutto dell'istinto, ma della volontà. Una firma. Intorno a lui, il sangue si era aperto in una macchia precisa, quasi disciplinata, che non sembrava voler oltrepassare certi confini a parte un singolo rivolo che era uscito da quella precisione e si era diretto verso l'esterno. Eppure... non era abbastanza.

Entrai senza attendere nessuno e mi accovacciai accanto al cadavere. Lo osservai in silenzio. Gli occhi, ancora aperti, fissavano un punto che non esisteva più. Il volto era contratto, le labbra lievemente scure, tirate in quella che somigliava all'eco di un'ultima smorfia. Le dita della mano destra erano rigide, troppo rigide, abbandonate sul pavimento come artigli spezzati. La sinistra invece era chiusa a pugno, stretta come se custodisse qualcosa.

Sfilai una penna dalla tasca interna della giacca e la usai per spostare con cautela le dita serrate. Un riflesso dorato mi colpì. Lentamente cercai di far allentare la presa, senza forzare. Quella era pur sempre una scena del crimine e noi, di strumenti adeguati, non ne avevamo.

Le dita si mossero appena, quanto bastava per lasciar intravedere ciò che sembrava un bottone dorato.

Forse, nella colluttazione, Rinaldi era riuscito a strappar via un indizio. Un frammento di verità rimasto incastrato tra le sue dita, nell'ultimo gesto cosciente prima di morire.

Annotai tutto nella mia mente.

Quando alzai lo sguardo, mi accorsi che i vetri non si erano fermati sulla soglia: c'erano frammenti anche dentro, vicino ai lavandini. Come se qualcosa, o qualcuno, avesse rovesciato il vassoio proprio lì. Poi mi alzai lentamente, lasciando che lo sguardo si spostasse sul coltello. Non era un'arma afferrata in preda alla rabbia. Era qualcosa di diverso. Elegante. Scelto. Il manico scuro, forse ebano, intarsiato con una cura quasi maniacale. Linee sottili, perfettamente bilanciate. Un coltello che parlava, se si sapeva ascoltare. Lo avevo già visto, da qualche parte. O forse la mia mente stava solo cercando un appiglio nel buio. Ma non era quello il dettaglio che mi aveva colpito di più.

Mi voltai verso Barbara. Era ferma, rigida, le braccia strette attorno al corpo come a proteggersi dal gelo che quella scena aveva diffuso ovunque.

«Chiunque abbia fatto questo...» dissi, la voce bassa, ma tesa, mentre osservavo il riflesso confuso del nostro gruppo nello specchio di fronte. «...è riuscito a colpire senza essere visto. Ha ucciso un uomo in uno dei pochi posti della villa da cui non sarebbe potuto sparire senza finire sotto una telecamera.»

Barbara deglutì. La sentii, più che vederla. Un rumore secco, fragile. Sul suo viso, per un attimo, passò qualcosa di più del semplice spavento. Era paura vera. Non per quello che vedeva, ma per quello che stava capendo.

«Significa che l'assassino è qui. Tra noi.» I suoi occhi si spalancarono, e bastò quell'istante per capire che l'aveva realizzato anche lei. La verità era lì, sotto i nostri piedi, tra i cocci di vetro e il sangue.

Mi voltai verso una delle guardie. Il nostro sguardo si incrociò, veloce ma chiaro. Non disse nulla, ma la sua mano scivolò verso il fianco, istintiva, a cercare l'arma. Non per usarla. Solo per ricordarsi che era armato.

«Come si chiama la vittima?» chiesi.

«Il dottor Federico Rinaldi,» rispose lui, la voce piatta come carta bagnata.

«Chi l'ha trovato?» domandai.

«Abbiamo sentito un urlo.» La guardia fece un cenno verso una figura seduta poco lontano, accasciata su una panca lungo la parete. Una donna, vestita con l'uniforme da servizio, il viso stravolto e le mani che tremavano come foglie sotto la pioggia.

«Ora più che mai è essenziale che nessuno lasci la villa,» dissi, senza alzare la voce. «Nessuno. Se qualcuno cerca di andarsene, lo fermate. A ogni costo.»

L'uomo annuì con determinazione, serrando la mascella.

Mi voltai un'ultima volta verso il corpo di Rinaldi. Il coltello ancora conficcato nella schiena sembrava brillare leggermente alla luce. Un monumento muto a una verità troppo grande per essere ignorata.

Chiunque avesse fatto questo, sapeva esattamente cosa stava facendo. Non era un errore. Era un'esecuzione.

Erano le 22:15.

Prima Alberto Veraldi. Ora Federico Rinaldi.

Due colpi precisi. Due nomi importanti. Due bersagli e una mano invisibile che si muoveva tra noi, con passo sicuro, come se seguisse un piano. Come se avesse ancora altri nomi da depennare. Non potevo permettere che colpisse ancora. Non ora e non sotto i miei occhi.

«Tutti nella sala riunioni,» ordinai. «Nessuno escluso. Voglio avere la certezza di poter controllare ogni movimento.» Indicai un secondo addetto alla sicurezza. «Vai a ricordare al ragazzo ai monitor di tenere d'occhio i corridoi. Chi ha fatto questo è ancora nella villa e, se vede qualcosa di strano, deve avvisarmi subito. Poi torna qui. Subito.»

Il gruppo si mosse con riluttanza, ma fu la paura a convincerli. In pochi minuti, un fiume di gente in abiti da gala e uniformi da servizio si riversò nella sala riunioni, un ambiente ampio e ovattato, dove troneggiavano poltrone in velluto rosso e uno schermo gigante incastonato tra pannelli di mogano.

Mi voltai lentamente, osservando i volti uno a uno. Uomini con smoking tagliati su misura, lucidi di seta e arroganza, donne fasciate in abiti da sera, ingioiellate come reliquie. I camerieri, più pallidi degli ospiti, si stringevano ai loro vassoi come fossero scudi, sudati, impietriti, pronti a fuggire al primo segnale. Cinquanta persone. Forse di più. E tra loro, uno aveva già ucciso. E qualcun altro, con ogni probabilità, sapeva tutto.

«Vi chiedo di mantenere la calma.» Entrai per ultimo, chiusi la porta con un gesto lento ma deciso. Il chiavistello che scattava risuonò nella sala più forte di quanto avessi previsto. «Abbiamo a che

61

fare con un killer che ha colpito due volte. Non voglio altri morti. E finché non avrò risposte... nessuno lascerà questa stanza.»

Il silenzio fu immediato, ma durò pochi secondi. Poi, come previsto, sbuffi, sussurri, un pianto sommesso in un angolo, proteste smorzate da compagni più lucidi. Qualcuno cercò di parlare, ma senza il coraggio di farsi avanti. Troppo abituati a comandare per accettare di essere, per una volta, comandati.

Li sentivo mormorare: ipotesi, sospetti, nomi sibilati come maledizioni. Ma il loro pensiero correva altrove. Più che turbati dai cadaveri, erano infastiditi. Il gioco si era complicato. Il miliardo promesso da Veraldi, la ricompensa a chi avesse scoperto il suo assassino, sembrava ora più difficile da afferrare. Due morti non avevano scalfito la loro sete. Erano lì per vincere. Non per piangere.

Mi concentrai sui dettagli.

Gesti. Assenze. Nervosismi che si insinuavano come crepe in una facciata elegante. E fu allora che la vidi.

Mi concentrai sui dettagli.

Gesti. Assenze. Nervosismi che si insinuavano come crepe in una facciata elegante. E fu allora che la vidi.

Ludovica Ferri.

Il suo nome era sulla lista. Un nome che aveva il suono tagliente di chi è sempre abituata a stare in cima.

Quarant'anni portati come un trofeo. Capelli rossi, lucidi, piegati con cura maniacale sulle spalle. Occhi verdi, taglienti, più calcolatori che espressivi. Il volto era una maschera impeccabile, ma priva di tempo: la chirurgia estetica le aveva cancellato gli anni, e forse anche parte dell'anima. Bocca piena, zigomi pronunciati, fronte tirata. Bellezza rifatta, scolpita con precisione clinica.

Il suo profilo era perfetto, impettito, come scolpito nel marmo. Portava una giacca sartoriale dal taglio severo. Impeccabile, troppo impeccabile. Tranne per quel particolare che non riuscivo a ignorare.

Mi avvicinai in silenzio. Lei non si mosse.

«Signora Ferri, buonasera. Sono il detective Valerio Dante.»

Lo sguardo che mi rivolse fu rapido, calibrato. Mi squadrò dalla testa ai piedi con la sufficienza di chi è abituata a comandare e non a rispondere.

«Buonasera, detective. So perfettamente chi è.»

Inclinò appena il mento, come a voler rimarcare ogni parola. «E veda di farci uscire da qui immediatamente, perché la mia pazienza ha un limite. E lei, insieme a quel folle di Veraldi, lo avete superato da un pezzo.»

Non reagii. Non subito.

«Capisco... cercherò di non rubarle troppo tempo.»

«Lo spero.» Si voltò appena, come se già avesse deciso che il nostro scambio era finito.

«Un'ultima cosa, signora Ferri.»

Il mio sguardo scivolò lentamente sulla giacca. «Ho notato che manca un bottone. Può dirmi dove lo ha perso?»

Per un attimo, il silenzio si fece più spesso. Lei esitò. Non abbastanza da sembrare colpevole, ma abbastanza da far trasparire una crepa nella corazza.

Mi guardò con quell'espressione tipica di chi non è abituata a dover giustificare nulla a nessuno.

«È solo un bottone. Potrebbe essersi staccato in qualsiasi momento.»

Alzò le spalle, ma non incrociò più il mio sguardo.

Un dettaglio. Solo un dettaglio.

Ma a Villa Aurelia erano i dettagli a gridare la verità.

«Succede spesso che un bottone si stacchi durante una colluttazione?»

63

Sorrise. Un gesto breve, studiato. «Sta insinuando che io abbia lottato con qualcuno?»

«Sto chiedendo. Non insinuando. Vede, il signor Rinaldi stringeva in mano un bottone dorato. E la sua giacca è l'unica identica.»

Fece un passo indietro, senza scomporsi. «Se intende accusarmi di omicidio per un bottone, allora questa indagine è più ridicola di quanto pensassi.»

«Non sto accusando nessuno. Ma se ha qualcosa da dichiarare, questo è il momento giusto.»

«Non ho nulla da dire. E non ho intenzione di prestarmi a questa messinscena.»

«In questo caso, mi limito ad informarla che la sua reticenza la rende... un soggetto d'interesse.»

Lei fece un mezzo passo avanti. «Faccia pure. Non temo né lei né le sue congetture. Ma se vuole parlarmi ancora, la prossima volta, si presenti con un mandato.»

Mi allontanai senza rispondere. Era inutile insistere. Per ora. Non avevo la certezza che fosse coinvolta. E a giudicare da quella giacca immacolata, non sembrava nemmeno plausibile. Se avesse aggredito Rinaldi con un coltello, su quel tessuto ci sarebbe stato almeno un segno. Una sbavatura. Una macchia. Invece, nulla.

Continuai a scrutare la sala, passando in rassegna i volti, i gesti, i silenzi. Poi lo vidi.

Era da un po' che lo tenevo d'occhio, ma solo adesso ogni dettaglio sembrava gridare che c'era qualcosa di sbagliato.

Cesari Lombardi se ne stava accanto al tavolo delle bottiglie con una finta compostezza che tradiva l'agitazione. Non si muoveva quasi, come se la quiete potesse renderlo invisibile. Ma gli occhi, quelli non mentivano: seguivano ogni cosa, ogni movimento, ogni sguardo. Il suo nervosismo era sottile, ma palpabile.

Aveva sui sessant'anni, portati con una cura quasi ossessiva. Capelli brizzolati, tagliati corti e ordinati. La barba rasata da poche ore. Occhi grigi, spenti, che non si soffermavano mai troppo a lungo nello stesso punto. Indossava un completo di taglio sartoriale, troppo elegante per l'occasione, troppo rigido per passare inosservato. Le spalle erano dritte, ma sembravano sostenute dalla tensione, non dalla sicurezza.

Sembrava l'uomo che spera di passare inosservato pur sapendo di non avere alcuna possibilità.

Mi avvicinai. «Cesari Lombardi, giusto?»

Annuì appena. Le labbra serrate, lo sguardo fisso da qualche altra parte.

«È stato visto dirigersi verso il bagno poco prima del blackout.»

Sollevò il sopracciglio destro, come se si aspettasse la domanda.

«È vietato usare il bagno, adesso?»

«No, ma converrà con me che avere frammenti di vetro sui pantaloni non la mette esattamente nella posizione migliore. La collega alla scena della seconda morte.»

Alzò gli occhi. Dietro il fastidio, c'era una stanchezza profonda. Quella di chi ha già capito che opporsi è inutile, ma lo fa comunque per principio. «Ero in bagno, sì. Poi è arrivato Rinaldi. Era fuori di sé. Mi ha aggredito verbalmente. Ha preso il mio bicchiere, ha bevuto e poi lo ha scagliato contro la parete. Non so cos'altro volesse.»

«E il motivo?»

«Affari. Roba di lavoro. Cose di cui non devo discutere con lei.»

«Affari tanto delicati da degenerare in uno scontro?»

«Rinaldi non era stabile. Lo sapevano tutti. Io me ne sono andato subito. Quello che è accaduto dopo... non lo so. Non ero lì.»

Lo fissai ancora. Era teso, sì. Ma non come chi ha ucciso. Piuttosto come chi ha visto troppo, e ora cerca di proteggersi dal rischio di restare coinvolto. Per il momento, non avevo abbastanza per incastrarlo. Ma nemmeno abbastanza per scagionarlo.

Mi voltai. Dovevo trovare Barbara.

La intravidi accanto al grande camino spento, seduta su una delle poltrone imbottite, le mani strette intorno a un bicchiere d'acqua che un cameriere le aveva porto con gesto insicuro. Tremava. Ma nei suoi occhi non c'era rassegnazione. Solo paura. Quella paura che prende quando capisci che la realtà non segue più alcuna logica.

Mi avvicinai e lei sollevò lo sguardo verso di me. Era lo stesso sguardo che avevo visto in ospedale, davanti ai letti d'emergenza. Nei tribunali, durante certe deposizioni. Non chiedeva risposte. Solo presenza. Un segnale umano nel caos.

«Dante...» sussurrò. La voce le tremava, ma dentro c'era ancora una forma di forza. «Cosa farai adesso?»

Inspirai piano. Sentivo il battito del cuore nelle tempie.

«Troverò una pista. Un dettaglio. Un errore. Qualcosa che il killer ha lasciato. Anche solo per un istante. E chiunque proverà ad allontanarsi da questa sala... dovrà rispondere a me. Non tollererò deviazioni.»

Lei annuì. Non disse altro. Ma lo sguardo era cambiato.

Mi voltai di nuovo.

Camminare attraverso quella sala era come attraversare un campo minato. Tutti mi osservavano. Alcuni con arroganza, altri solo per paura. Ma ogni sguardo cercava qualcosa. Come se stessi per dire il nome di un colpevole. Come se fossi l'ultima barriera tra loro e la verità.

Il corridoio, immerso nel buio tremolante delle luci d'emergenza, sembrava più lungo. Il ticchettio dell'orologio nella hall era diventato un martello. Ogni secondo che passava era un vantaggio per l'assassino.

Alle 23:30 le auto sarebbero tornate.

I telefoni si sarebbero riattivati.

E con essi, il mondo esterno.

Ma sarebbe stato troppo tardi.

Il buio avrebbe protetto il killer abbastanza da permettergli di sparire. E insieme a lui, anche la verità.

CAPITOLO 9

- BARBARA -

L'INVITO

Villa Aurelia, sabato 10 ottobre. Ore 20.15.
Sapevo bene che Alberto non faceva nulla senza uno scopo preciso. Ogni suo gesto era studiato, ogni parola scelta con cura, ogni invito spedito solo per un motivo. E quella sera, lo capii subito, una delle sue pedine ero io.

Ma in quale gioco stavo per entrare?

Mi sfiorai distrattamente le labbra, ripensando all'ultima volta che ci eravamo visti. Ricordai la sua voce, quella sicurezza quasi ipnotica con cui parlava del suo progetto sull'energia, come se stesse raccontando una favola di cui era l'unico eroe. Diceva che avrebbe cambiato il mondo, che avrebbe reso inutile il petrolio, il carbone. Un piano che, se fosse riuscito, avrebbe fatto crollare interi imperi.

E adesso mi voleva accanto a sé, come se nulla fosse accaduto, come se il passato non avesse mai lasciato cicatrici.

Chi avrebbe perso tutto, se Alberto avesse vinto?

La lista era lunga. E, a quanto pareva, quella sera sarebbero stati tutti sotto lo stesso tetto.

Scelsi con attenzione il vestito. Color champagne, morbido, che scivolava sulla pelle come un sussurro. Aveva un taglio elegante, raffinato, ma lasciava intravedere appena di più al movimento, come un segreto svelato per metà. Non troppo vistoso, non troppo castigato. Un equilibrio perfetto tra provocazione e controllo.

Villa Aurelia dominava la collina come un monumento al potere. Marmo bianco, colonne severe, architettura senza fronzoli, perché chi vive lì non ha bisogno di ostentare: la sua forza la leggi già nei dettagli.

Mi fermai un istante, osservando gli ospiti che si muovevano davanti all'ingresso come un'unica creatura elegante, fatta di abiti scuri, sorrisi costruiti, risate che suonavano vuote. Uomini impeccabili, che portavano il loro status come un'armatura. Donne ingioiellate, fasciate in abiti che avrebbero indossato solo quella sera, scelte non per piacersi ma per ferire l'occhio altrui.

Era tutto perfetto. Tutto artefatto.

Il mio sguardo venne catturato da una scena alquanto inusuale.

Alberto era sulla soglia, in piedi accanto a una donna in uniforme. Una cameriera, giovane, con il vassoio stretto tra le mani come se volesse sparire. Era chiaro che stava cercando di trattenere le lacrime: le labbra strette, lo sguardo basso, le spalle rigide come corde tese. Lui le parlava a bassa voce, ma ogni parola era un colpo inferto con precisione chirurgica.

Non so cosa si dissero, ma bastava osservare per capire chi comandava e chi stava per cadere. Lei annuiva a scatti, quasi impercettibilmente, cercando di non crollare davanti a lui. Poi Alberto fece un gesto secco con la mano, come a scacciarla, e lei chinò ancora di più il capo, asciugandosi in fretta il viso con il dorso della mano.

Quando la donna scomparve attraverso la porta laterale, tornò un attimo dopo tra gli ospiti, con il vassoio in equilibrio e lo sguardo vuoto. Come se nulla fosse successo, come se non avesse appena ingoiato lacrime e umiliazione.

Alberto rimase immobile qualche secondo, poi si passò una mano sulla bocca, come a cancellare un sapore amaro, e tornò a indossare quel sorriso impeccabile che tutti conoscevano.

Fu in quell'istante che capii che quella non era solo una festa. Era l'inizio di qualcosa di molto più oscuro.

E fu allora che comparve Valerio Dante.

Scese da un'auto scura, anonima, sicuramente noleggiata. Camminava senza alcuno sforzo di mimetizzarsi, senza voler sembrare diverso da quello che era. Sembrava l'unico, tra quella folla, che non avesse nulla da dimostrare.

Un ex poliziotto. Uno che aveva perso tutto per aver detto la verità alle persone sbagliate. Non era lì per caso. E lo sapeva anche lui.

I parcheggiatori si mossero appena lo videro. Erano ragazzi giovani, divise perfette, sorrisi tirati. Uno di loro si avvicinò con un'educazione incerta, aprendo la portiera con un gesto che voleva sembrare professionale.

«Ci penserò io, signore,» mormorò, cercando di mascherare l'insicurezza dietro un sorriso.

Si stava accomodando al volante quando un altro ragazzo, più alto, più sicuro, gli posò una mano sulla spalla.

«Meglio che resti qui, amico. Gestisci i nuovi,» disse con un tono che voleva essere leggero, quasi ironico. Ma bastava poco per cogliere l'ombra dietro quelle parole.

Forse era solo la mia impressione. O forse no.

Valerio non reagì. Non fece una piega. Non disse nulla.

Ma osservava.

Non il gesto. Non le parole. Ma il modo in cui erano state dette, il modo in cui si erano posate nell'aria. Guardava come si muovevano, come respiravano, come cercavano di nascondere ciò che non poteva essere nascosto.

E io guardavo lui.

C'era qualcosa in Valerio Dante che costringeva chiunque a scoprirsi. Non faceva domande, ma la sua presenza era sufficiente per mettere a nudo le crepe degli altri. Aveva imparato a leggere gli esseri umani come si legge un libro.

Anch'io, a modo mio, avevo imparato a farlo. A leggere i corpi, anche quando la bocca tace. A cogliere il tremito delle mani, il respiro che si blocca, lo sguardo che sfugge. Avevo imparato, a mie spese, che il corpo non mente mai.

E fu per questo che notai quel minuscolo scatto nel collo di Dante. Un dettaglio impercettibile, invisibile a chi non sa dove guardare. Un respiro trattenuto un attimo di troppo. Come se stesse aspettando. Come se sapesse che qualcosa, da un momento all'altro, sarebbe accaduto.

In un luogo dove tutti fingevano di non vedere, dove l'apparenza era legge e la distrazione un'arma, uomini come Valerio Dante erano pericolosi.

Perché vedevano davvero.

E quella sera capii che non ero l'unica a cercare la verità.

Qualcuno, proprio come me, stava già scavando sotto la superficie. Solo che lui lo faceva senza domande. Lo faceva con gli occhi.

CAPITOLO 10

- BARBARA -

LA NOTIZIA

Mentre si faceva largo tra la folla, i suoi occhi non smettevano di muoversi. Leggevano ogni gesto, ogni espressione, come chi sa che la verità non sta nelle parole ma in ciò che le persone tentano di nascondere. Era un uomo che osservava davvero, che sapeva vedere. Fu allora che decisi di fare la mia mossa. Una mossa che, naturalmente, avevo pianificato in anticipo, come ogni cosa.

«Non credo che ci conosciamo...» dissi, lasciando che la mia voce scivolasse tra di noi come una carezza leggera.

Lui sollevò lo sguardo e per un attimo, solo un attimo, indugiò su di me un secondo più del necessario. Avevo attirato la sua attenzione.

«Neanche io.» La sua risposta fu semplice, diretta, senza quel tono artificioso, zuccheroso, che tanti uomini, in quel posto, si affrettavano a usare con le donne. In lui non c'era condiscendenza. Solo presenza.

Mi piegai appena in avanti, lasciando che il mio profumo, caldo, speziato, avvolgente, lo raggiungesse prima ancora che le mie parole lo facessero.

«Anche tu sei qui per Alberto?» domandai, sapendo già che la risposta mi avrebbe incuriosita.

Lui alzò un sopracciglio, come se non capisse il motivo della mia domanda.

«Alberto?» ripeté.

C'era stato un lampo di sorpresa nei suoi occhi, fugace, prima che il suo volto tornasse impenetrabile, chiuso come una porta ben serrata.

«Ho solo ricevuto un invito e ho deciso di farmi un drink gratis.» Non mi stupii. Era il tipo di risposta che mi aspettavo da lui. Lontano anni luce dalle adulazioni fasulle di chi popolava quella villa. Una ventata d'aria fresca in un ambiente stantio.

«Allora sei l'unico qui dentro a non volere qualcosa,» replicai, alzando la voce per farmi sentire anche da chi ci circondava e lasciando che il mio sorriso rimanesse a mezz'aria, sottile.

«E tu?» ribatté lui, la voce bassa, un'ombra di sfida nelle sue parole.

Non risposi subito. Mi limitai a sorridere ancora, senza svelare nulla, lasciando sulle spine lui e tutti quelli che ci stavano ascoltando. In fondo, faceva parte del gioco.

«Forse lo scoprirai,» mormorai, allontanandomi prima che potesse dire altro.

Ma sapevo che mi stava guardando.

L'aria nella sala aveva qualcosa di strano quella sera. Una tensione sottile, invisibile ma reale, come un filo teso pronto a spezzarsi. La sentivo sulla pelle, nei respiri trattenuti degli invitati, nelle risate troppo acute, nei sorrisi troppo tirati. Era quell'energia particolare che si avverte prima di un temporale, quando tutto sembra calmo ma l'aria odora già di pioggia.

E in mezzo a tutta questa calma apparente c'era lui.

Valerio Dante.

Non era come gli altri uomini della sala. Lo capivi dal modo in cui si muoveva, senza bisogno di impressionare, senza sforzarsi di piacere. La sua sicurezza era silenziosa, fatta di piccoli gesti, di occhi che vedevano troppo.

Il suo sguardo tornò a posarsi su di me. Era uno sguardo attento, misurato, che scavava sotto la superficie.

E io, d'istinto, feci lo stesso.

C'era in lui qualcosa che stonava, che non apparteneva a quel mondo di facciate impeccabili e di convenevoli vuoti. E forse era proprio quello che lo rendeva interessante ai miei occhi.

Senza accorgermene, sorrisi. Un sorriso che forse voleva sembrare involontario, ma non lo era affatto.

Fu allora che Alberto alzò il bicchiere in direzione di Valerio.

«Dante!» lo chiamò, con un entusiasmo troppo marcato, studiato fino all'ultima sillaba. Il tono era affabile, ma chi lo conosceva sapeva che era solo un'altra maschera.

Alberto sapeva chi fosse. Naturalmente.

Ma io lo sapevo da prima.

Valerio rimase immobile per un istante, come un giocatore che studia la prossima mossa. Lo stupore nei suoi occhi durò meno di un battito di ciglia, poi scomparve.

«Buonasera,» disse soltanto, con voce controllata, misurata. Io non distolsi lo sguardo da lui.

Ogni parola che pronunciava, ogni piega del suo volto, ogni sguardo lanciato: li registravo tutti, perché sapevo, o forse speravo, che mi sarebbero tornati utili.

Poi Alberto fece quello che gli riusciva meglio: prese la scena. «Signori! Signore!» esclamò, la voce che risuonava con forza nella sala, imponendo il silenzio.

Gli ospiti si voltarono verso di lui. Le conversazioni si interruppero, la musica si abbassò, l'attenzione si concentrò tutta su quel bicchiere sollevato, su quel sorriso calcolato.

Io trattenni il respiro.

Sapevo che stava per dire qualcosa che avrebbe scosso l'intera sala. Era sempre stato il suo stile.

«Vi ringrazio per essere qui. Volevo rivedervi tutti per un'ultima sera.»

Un mormorio sottile attraversò la folla.

Un'ultima sera?

Qualcuno rise, altri si scambiarono occhiate incerte. Io rimasi immobile, con lo stomaco serrato e la mente che cercava di decifrare il senso di quelle parole.

«So cosa state pensando... No, non ho intenzione di sparire su un'isola deserta,» continuò, con quell'ironia tagliente che usava sempre per dissimulare.

Ma io lo conoscevo troppo bene. Sapevo che c'era altro dietro quel sorriso.

«Voglio chiudere un cerchio.»

Le sue parole mi colpirono più di quanto avrei voluto ammettere. Un cerchio. Come se davvero un uomo come lui potesse preoccuparsi di simili concetti.

Mi irrigidii, pronta a cogliere ogni sfumatura, ogni indizio.

E poi, con la naturalezza di chi ama giocare con le vite degli altri, lasciò cadere la frase successiva come una lama affilata.

«Anche se ho la certezza che molti di voi mi odiano.»

Un silenzio denso calò sulla sala. Nessuno osò contraddirlo.

Lo osservai mentre si muoveva tra gli ospiti con la solita eleganza, il bicchiere sospeso tra le dita, gli occhi che scrutavano con divertimento. Adorava quel momento. Quel potere. Quel controllo.

Qualcuno rise nervosamente, altri finsero indignazione. Ma nessuno osò negare davvero.

«Oh, su, non fingiamo!» continuò, scuotendo la testa con un sorriso beffardo. «Siamo tra persone intelligenti. Se siete arrivati dove siete, se riuscite a mantenere le vostre posizioni, le vostre aziende, le vostre eredità, è perché non vi siete mai fatti troppi scrupoli. Proprio come me.»

L'atmosfera cambiò di colpo.

Guardai i volti intorno a me. Alcuni si fecero più duri, altri più guardinghi. Alcuni abbassarono lo sguardo, altri lo fissarono con ostilità.

Io, invece, provai qualcosa di diverso. Un misto di sorpresa e inquietudine. Non mi aspettavo che parlasse così apertamente. Non lì, non davanti a tutti.

Stava provocando, certo. Ma perché?

Poi lo vidi prendere fiato e capii che stava arrivando al punto.

«Ma non sono qui per parlare del passato,» disse, con una calma disarmante. «Voglio parlare del futuro.»

Sollevò nuovamente e lentamente il bicchiere, lasciando che la luce si riflettesse sul liquido ambrato.

«Voglio finalmente parlarvi del mio... progetto speciale.»

Le parole caddero come un macigno. L'aria nella sala divenne pesante, quasi irrespirabile. Tutti sapevano che quella era la vera ragione della serata. Il progetto. Quello di cui si vociferava da mesi. Quello che avrebbe cambiato tutto.

E io, forse, più di chiunque altro, sapevo quanto potesse essere pericoloso.

«Qualcosa che cambierà le nostre vite.»

Si fermò un istante, come per assaporare l'effetto.

«O forse no. Forse solo la mia...»

Un brivido mi percorse la schiena. Gli ospiti continuavano a fingere, certo, ma cominciavano a intuire che le parole di Alberto non erano semplici provocazioni.

Stringevo anche io il bicchiere tra le dita, ma non avevo voglia di bere, nonostante la mia gola fosse secca, lo stomaco era chiuso.

Alberto portò teatralmente il bicchiere alle labbra, bevve un sorso con quella calma che odiavo ed insieme ammiravo.

E poi, la frase che fece gelare l'intera sala.

«Purtroppo, io non lo saprò mai.»

Sapevo che stava giocando con tutti noi. Lo faceva sempre. Ma quella sera il gioco era diverso. Più crudele.

E poi calò l'asso.

«Purtroppo... Qualcuno, questa sera, mi ucciderà.»

Un silenzio assoluto. Come se l'aria stessa avesse smesso di muoversi.

Lo guardai, poi i miei occhi scivolarono d'istinto su Valerio. Lui non si muoveva. Non sembrava sorpreso. Ma nei suoi occhi c'era qualcosa. Una scintilla. Un'intuizione che a noi stava ancora sfuggendo.

E per la prima volta, quella sera, avrei voluto che parlasse. Che facesse domande.

Ma lui restava in silenzio.

Proprio come me.

Alberto aveva un sorriso che gli affiorava sulle labbra: enigmatico, quasi divertito, come se stesse gustando qualcosa che solo lui potesse assaporare.

«Ed è per questo che abbiamo qui con noi il detective Valerio Dante.»

Sentii la pelle tendersi, come se un brivido invisibile mi attraversasse la schiena. Non me l'aspettavo. Non in quel momento, non così. Potevo percepire il peso degli sguardi che, uno dopo l'altro, si voltavano verso di lui. La tensione nella sala cambiò forma, divenne più densa, viscerale. Prima era solo curiosità, adesso era qualcosa di diverso, più oscuro, come se ogni persona presente avesse improvvisamente realizzato di essere parte di qualcosa che non poteva controllare.

«Non perché possa impedire l'inevitabile,» continuò Alberto, sempre con quella calma studiata, quasi irreale, «ormai mi sono rassegnato. E, in un certo senso... incuriosito.»

Lo guardai, cercando di leggere dietro quella maschera impeccabile. Cosa stava facendo? Perché gli stava dando quel ruolo? Era solo un gioco, un'altra delle sue provocazioni, o c'era qualcosa di più profondo che ci sfuggiva?

Il cuore mi batteva più forte, non per paura ma per qualcosa di più sottile, più inquietante. Per la prima volta in tutta la serata non riuscivo a prevedere la mossa successiva.

Gli ospiti si scambiavano occhiate cariche di domande, come se ognuno di loro stesse cercando di capire se il vicino sapesse qualcosa in più. Io, invece, continuavo a guardare Alberto, perché sapevo che ogni parola che pronunciava, ogni gesto, ogni pausa, erano frutto di un disegno più grande. Non era il tipo da esporsi senza avere un piano. Non lo era mai stato.

«Ho chiamato il nostro caro detective nella speranza che possa rendere la vita un po' più difficile al mio assassino e, perché no, magari riuscire ad assicurarlo alla giustizia.»

Le sue parole caddero nella sala come un masso gettato in uno stagno. Nessuno parlò. Nessuno respirò. Un silenzio innaturale, perfetto, calcolato.

Li guardai uno ad uno.

Ora eravamo tutti sospettati.

Se quello era il piano di Alberto, beh... aveva funzionato alla perfezione.

C'era chi continuava a sorridere, ma troppo a lungo, troppo forzatamente.

Chi stringeva il bicchiere con troppa forza, come se volesse tenere a bada qualcosa dentro di sé.

Chi abbassava lo sguardo, improvvisamente affascinato dai dettagli del pavimento. E poi c'erano quelli che sembravano divertirsi.

Come se stessero aspettando proprio questo momento.

Come se la serata fosse diventata, d'un tratto, interessante.

Come se stessero finalmente vedendo il vero volto di chi avevano intorno. Li osservai tutti, cercando le sfumature. I dettagli minuscoli. Le crepe.

La tensione non era più solo nell'aria. Si insinuava sotto la pelle, si attaccava ai pensieri, si faceva largo nelle conversazioni che ora erano spezzate, innaturali, nei sorrisi tirati, nelle posture irrigidite. La sentivo pulsare come un secondo battito sotto quello del mio cuore.

Fu allora che ne ebbi la certezza assoluta.

Era esattamente questo che Alberto voleva.

Aveva acceso la miccia.

Scatenato il caos silenzioso dei sospetti.

Trasformato ogni persona presente in un potenziale nemico.

Aveva fatto la sua mossa. La più crudele.

Non era una partita a carte, quella sera.

Era una partita a scacchi. E lui aveva appena mosso il pezzo decisivo. Quello che avrebbe fatto saltare ogni equilibrio.

Poi, come se volesse dare il colpo finale, lasciò cadere la frase con la sua solita, beffarda calma.

«Chi scoprirà il mio assassino, ovviamente prima del detective, riceverà un miliardo di euro.»

Un miliardo di euro.

Il tempo sembrò fermarsi, le parole risuonarono nella mia testa come un'eco impossibile da ignorare. Un miliardo. Un numero sullo schermo. Ma in quella stanza era benzina. E tutti tenevano in mano un fiammifero. Nessuno in quella sala, neanche il più ricco, il più potente, poteva restare indifferente a quella promessa.

Alberto aveva appena gettato un pezzo di carne sanguinolento in mezzo a un branco di leoni affamati.

E sapevo benissimo che nulla è più pericoloso di una preda che si offre volontariamente ai suoi predatori.

Sentii un brivido percorrermi la schiena. Era davvero possibile che qualcuno avesse accettato quell'invito con l'intento di ucciderlo? E se fosse così, ora quell'assassino sapeva di avere gli occhi di tutti i presenti addosso.

Perché, con quella cifra in palio, ognuno in quella villa aveva appena iniziato a guardarsi attorno in modo diverso.

E mentre quella consapevolezza ancora si faceva largo tra i pensieri degli ospiti, Veraldi decise di affondare il coltello.

«Spero che l'assassino non si faccia intimidire.»

Il suo tono era leggero, quasi divertito, ma io riconobbi il gelo dietro quelle parole. Le avevo sentite troppe volte per non cogliere la sottile lama che nascondevano.

L'aveva detto come se nulla fosse, ma i suoi occhi raccontavano un'altra storia. Cercavano qualcuno. Non Valerio. No.

Qualcun altro.

E chiunque fosse, ne ero certa, in quel momento sapeva di essere stato riconosciuto.

Alberto fece un passo avanti, con quella sicurezza studiata che lo rendeva intoccabile. Poi, come se stesse parlando di un dettaglio qualunque, aggiunse:

«Ah, a proposito... Per evitare che qualcuno decida di abbandonare la nave prima del tempo, mi sono permesso di bloccare il segnale dei vostri cellulari e di far portare le vostre auto in un deposito a dieci chilometri da qui.»

Questa volta il gelo che calò nella sala fu reale.

Nessuno rise. Nessuno commentò con leggerezza. Perché tutti capirono, in quell'istante, che non stava scherzando.

«Ovviamente chi vuole abbandonare ora, può farlo. Ma deve dirlo subito.»

Sapeva perfettamente che nessuno lo avrebbe fatto. Nessuno voleva essere il primo a dichiararsi fuori dal gioco. Perché quella sera non c'erano vie di fuga. Era una trappola e tutti ci eravamo entrati volontariamente.

Un brusio crescente si sollevò nella sala, come un'onda pronta a infrangersi. Gli ospiti si guardarono tra loro, alcuni con occhi allarmati, altri increduli. Tutti, istintivamente, controllarono i loro telefoni, come se potessero ancora sperare che fosse uno scherzo.

Non lo era.

Alberto osservava ogni gesto, ogni reazione. Li guardava avvicinarsi alle porte, sporgersi alle finestre, controllare il segnale sui cellulari. Li guardava mentre si rendevano conto che le loro auto non erano più lì.

E poi, dopo averli lasciati assaporare quel panico silenzioso per cinque lunghi minuti, parlò di nuovo.

«Bene, vedo che intendete partecipare tutti.»

La sua voce era ferma, misurata. Quella calma fredda che, proprio perché non lasciava spazio a dubbi, era ancora più inquietante.

«Non temete. Quando il caso sarà risolto, potrete tornare alle vostre tristi vite.»

Mi sentii mancare, ma non per le parole. Per il modo in cui le aveva dette: con un distacco che faceva male, come se ci guardasse dall'alto, come se fossimo solo pedine sul suo tavolo da gioco.

Era follia, certo. Ma non la follia cieca di chi perde il controllo.

Era qualcosa di molto peggio.

Una follia lucida, premeditata.

«I miei uomini hanno indicazioni di chiamare la polizia alle ore 23.30. A quell'ora, qualunque cosa sia accaduta, avete la mia parola che le vostre auto saranno riportate nel piazzale, il segnale telefonico ripristinato e potrete finalmente tornare a casa.»

Guardai l'orologio. Le 21:00.

Due ore e mezza.

Due ore e mezza in cui un assassino avrebbe potuto agire. O nascondersi. O essere smascherato.

Sentii il respiro accorciarsi, come se l'aria nella sala fosse diventata improvvisamente più pesante. Cercai Valerio con lo sguardo. Il suo volto era immobile, impassibile come sempre, ma nei suoi occhi c'era qualcosa di diverso. Un'ombra che prima non c'era. Un segnale sottile, ma chiaro per chi sapeva dove guardare.

Alberto, invece, sorrideva.

Non un sorriso qualsiasi.

Il peggiore.

Quello che riservava ai momenti in cui si divertiva davvero.

«Ora, se volete seguirmi nella sala riunioni, vorrei mostrarvi un breve video.»

Le luci si abbassarono all'improvviso e, sul pavimento, si accese un sentiero luminoso che attraversava la villa. Una linea sottile che sembrava invitare tutti a seguirla, come un filo invisibile che li conduceva verso il centro della ragnatela.

Sembrava una pista d'atterraggio.

O di decollo.

Ma, a differenza di un aereo, lì dentro non esistevano uscite di emergenza.

Nessuna via di fuga.

Mi accostai ad Alberto, il passo incerto, il cuore che batteva troppo forte.

«A che gioco stai giocando?» gli sussurrai, senza nemmeno provare a nascondere la rabbia.

Lui si voltò. Mi guardò dritto negli occhi. E in quel momento, qualcosa in lui cambiò. O forse ero io ad averlo visto, per la prima volta, senza la maschera.

Non era un gioco.

Poi continuò a camminare, senza voltarsi più.

E io capii, con una certezza che mi serrò il respiro, che il pericolo era reale.

Non un'impressione. Non un sospetto.

Qualcosa stava per accadere.

E questa volta, nessuno avrebbe potuto fermarlo.

CAPITOLO 11

- BARBARA -

FUTURO

Alberto si mosse con la sua solita, inconfondibile eleganza.

Ogni gesto, ogni sguardo, ogni pausa, perfettamente orchestrata. Non c'era nulla di casuale in lui, mai.

«Barbara.»

Era una richiesta solo in apparenza. In realtà, era un ordine, una decisione già presa.

Ci accomodammo nei nostri posti e con la stessa disinvoltura con cui avevo imparato a muovermi in quel mondo, incrociai le gambe.

Lasciai che il tessuto del vestito scivolasse leggermente più in alto, lasciando intravedere un lembo del pizzo delle autoreggenti. Un errore? Un gesto involontario? No.

Lo feci con naturalezza, senza abbassare lo sguardo, senza affrettarmi a coprirmi. Sapevo chi mi stava guardando.

E lo feci per lui.

Lo sentii ancora prima di vederlo. L'istinto, prima degli occhi.

Era rimasto in piedi, leggermente defilato, un bicchiere di whiskey ancora tra le mani. Osservava. Quell'atteggiamento da uomo distaccato, da spettatore indifferente, da giocatore che aspetta il momento giusto per calare le carte, mi affascinava più di quanto avrei voluto ammettere.

Ero stata con uomini potenti, uomini spietati, uomini che si nutrivano di denaro e successo come di aria. Ma lui era diverso.

Lui non voleva nulla.

Ed era proprio questo a renderlo pericoloso.

Le luci si abbassarono.

Nella penombra della sala, il rumore sottile della pellicola in movimento sembrava il respiro di un gigante dormiente. Sul grande telo bianco comparvero immagini tremolanti, come un vecchio filmato d'archivio dimenticato.

E poi, la voce.

"Nessuno ha mai creduto che fosse possibile. Eppure, la direzione era quella giusta..."

Milano, dall'alto, avvolta in una luce dorata. Il futuro, così come lo immaginavamo. Un'illusione perfetta.

Il video proseguiva e io non distolsi mai lo sguardo. Non avevo bisogno di sentire quelle parole per sapere cosa significavano.

Alberto mi aveva raccontato tutto.

Avevo visto i progetti, le mappe, gli investimenti. Avevo assistito alle discussioni, ai piani, ai compromessi. Avevo osservato quegli uomini di scienza, chiusi nei loro laboratori sotterranei, cercare di sfidare Dio stesso.

E avevo capito una cosa fondamentale: il potere, quello vero, non è mai dove la gente pensa che sia.

L'energia infinita.

Un concetto semplice eppure così pericoloso. Chi controlla l'energia, controlla il mondo.

E Alberto Veraldi voleva riscrivere le regole.

Le immagini continuavano a scorrere sullo schermo: il Super-Accceleratore X-99, le particelle che sfioravano la velocità della luce, il bagliore azzurro elettrico che pulsava come un cuore artificiale.

E poi, l'anomalia.

Il momento in cui tutto cambiò.

Sul video, il grafico impazzì, i numeri saltarono, le luci lampeggiarono in un caos che nessuno riusciva a controllare.

Io però ricordavo quel giorno. Ricordavo le telefonate concitate, i volti pallidi degli scienziati, il silenzio raggelante quando capirono che avevano oltrepassato il limite. Le discussioni, i ripensamenti e il pugno di ferro che Alberto aveva tenuto con tutti.

E adesso, quella rivelazione veniva servita come un gioco, come una grande opportunità.

Mi domandai quanti, in quella sala, avessero davvero capito dove fosse il pericolo.

Le luci si riaccesero di colpo, come fari puntati sugli attori di uno spettacolo che ignoravano di essere sul palcoscenico.

Le reazioni non mi sorpresero. Non lo facevano mai. C'erano gli entusiasti, quelli che avevano visto solo numeri, proiezioni, margini. Gli affamati.

C'erano i prudenti, quelli che avevano imparato a dubitare di tutto, anche di se stessi.

E poi c'erano loro, i peggiori: quelli che avevano paura. La paura rende gli uomini imprevedibili. Li trasforma.

Io li osservavo.

Gli uomini sono facili da decifrare.

È nelle donne che si nasconde il vero enigma.

Molti credevano che, quella sera, le donne fossero solo comparse: volti sorridenti accanto a uomini che parlavano troppo.

Ma chi sa guardare oltre il velo capisce la verità.

Le donne governavano il gioco. Alcune lo facevano apertamente, altre con la sottile arte di piegare la volontà altrui.

Pochi uomini hanno il coraggio di decidere da soli. Tutti gli altri vivono nell'illusione che il potere sia nelle loro mani. Non si accorgono che sono marionette. E che chi tiene i fili, spesso, indossa un vestito elegante e un sorriso che non promette nulla di buono.

Alberto si alzò.

Era soddisfatto. Sapeva di aver ottenuto ciò che voleva.

«Ora sapete cosa ci riserva il futuro. E io sono orgoglioso di aver contribuito.»

L'attimo di silenzio che seguì non era casuale. Era un silenzio costruito con cura, come una trappola ben congegnata, una pausa tanto breve da sembrare naturale, eppure abbastanza lunga da insinuarsi nelle menti di chi ascoltava, lasciando spazio a un dubbio che si sarebbe aggrappato ai loro pensieri come un parassita. Cosa significava davvero "aver contribuito"? Quale era stato, fino in fondo, il suo ruolo in tutto ciò che avevamo appena visto?

Quando riprese a parlare, la sua voce non era più quella affabile e controllata del padrone di casa; era diventata quella fredda, asciutta e tagliente dell'uomo d'affari che aveva appena smesso di intrattenere i suoi ospiti e adesso pretendeva una risposta.

«Vi ho mostrato questo video perché è arrivato il momento di decidere.»

Non serviva altro. In quella frase c'era tutta la verità che fino a quel momento era rimasta nascosta dietro sorrisi di circostanza, bicchieri levati in aria e parole studiate per distrarre.

Mi tornò in mente tutto quello che, tempo prima, mi era stato detto. Parole pronunciate da un uomo che, senza saperlo, mi aveva salvato. Non nel senso convenzionale del termine, non mi aveva strappato a una morte certa, né offerto una via facile per uscirne, ma mi aveva consegnato qualcosa di molto più prezioso e molto più scomodo: la verità.

Una verità cruda, tagliente, priva di consolazione.

Una verità che, da quel giorno, non mi aveva più abbandonato e che, come un tarlo, aveva iniziato a rosicchiare tutto ciò che fino ad allora avevo creduto. Mi aveva costretto a guardare il mondo senza filtri, senza illusioni, senza quella patina che ci fa sentire al sicuro.

E ricordai, proprio in quel momento, le sue parole.

Parole che allora mi erano sembrate dure, forse persino ingiuste, ma che adesso riconoscevo per ciò che erano sempre state: l'unica forma possibile di onestà.

Non c'entrava la scienza.

Non c'entrava una visione più grande.

Non c'entrava nemmeno l'illusione romantica di cambiare il mondo.

Quella sera, come ogni altra volta, non si parlava di progresso. Si parlava di qualcosa di molto più antico, molto più sporco, molto più reale.

Si parlava di denaro.

È sempre stato il denaro, il motore che muove ogni cosa, che regge ogni ingranaggio di questo mondo che fingiamo di comprendere. Non solo le guerre o le rivoluzioni, ma anche la pace, la beneficenza sbandierata nelle prime pagine dei giornali, gli aiuti umanitari che arrivano solo quando qualcuno ha già fatto i conti, le iniziative filantropiche confezionate come spot pubblicitari per chi ha bisogno di sentirsi buono senza esserlo. Tutto, se guardi abbastanza a fondo, finisce sempre nello stesso punto d'origine. Il profitto.

Perché il profitto non ha colore, non ha morale, non conosce limiti. Si nutre di una sola cosa e di quella sola cosa si serve per moltiplicarsi: il denaro.

Viviamo inseguendo qualcosa che ci sfugge, che non ci appartiene davvero, ma a cui abbiamo affidato ogni speranza. La chiamiamo libertà, la spacciamo per forza, ma veneriamo il denaro come una divinità antica e crudele, fatta di carta, numeri e promesse. Ogni giorno ci inginocchiamo davanti al suo altare invisibile, convinti che basti accumularlo per sentirci al sicuro, migliori, intoccabili.

Eppure basterebbe osservarlo da vicino, senza filtri né illusioni, per coglierne l'assurdità. Cos'è, in fondo, il denaro? Un numero scelto invece di un altro. Una cifra decisa da qualcuno, altrove. Una sequenza digitale che appare su uno schermo e che, da sola, stabilisce se la vita di un uomo vale qualcosa o nulla.

È questo il paradosso che abbiamo imparato a ignorare. Un essere umano può amare, lottare, creare, lasciare un'impronta. Ma tutto ciò svanisce, cancellato da un saldo di conto corrente. Non conta chi sei, conta quanto vali. E quel valore, beffardamente, non lo decidi tu. Lo decidono altri, lontani, invisibili, seduti dietro scrivanie lucide in stanze senza finestre, dove numeri danzano come spettri e le vite vengono trattate come fiches su un tavolo che non ammette errori.

La scienza resta muta senza finanziamenti. La giustizia non cammina se non c'è qualcuno disposto a pagarne il passo. Il futuro non si costruisce: si compra. E noi continuiamo a raccontarci che siamo liberi, che scegliamo, che controlliamo. Ma la verità è un'altra: non abbiamo mai visto davvero la scacchiera. E il nostro movimento è solo quello concesso da chi tiene in mano la partita.

Un brivido mi percorse la schiena.

Non per il progetto. Non per le cifre. Perché sapevo cosa significava tutto questo. Significava che Alberto aveva già preso una decisione dalla quale non si poteva più tornare indietro e non tutti, in quella sala, erano probabilmente d'accordo.

Gli assistenti iniziarono a distribuire dei tablet.

Dovevo trovare Valerio. Sapevo esattamente dove si trovava. E sapevo esattamente perché volevo che mi guardasse.

Poi notai Alberto che si stava facendo largo tra la folla, diretto verso di me. L'ansia cominciò a salirmi come un'onda improvvisa. Ogni volta che lo vedevo procedere a passo deciso verso qualcuno, avevo il timore che non fosse mai per qualcosa di positivo. Ma all'improvviso si fermò.

Si chinò verso Rinaldi e gli sussurrò qualcosa all'orecchio. Un gesto rapido, quasi fulmineo, come se stesse consegnandogli un segreto.

Quell'uomo lo guardò di scatto, sorpreso, quasi scosso. Come se quelle parole gli avessero appena tagliato l'aria attorno con qualcosa di totalmente inaspettato.

Lo conoscevo, Rinaldi. Non era uno qualunque. Era stato il socio di Veraldi, anzi, *il socio*. Colui con cui aveva costruito tutto questo, almeno agli inizi. Poi un cavillo, una firma mancata, o forse una mossa calcolata e si era ritrovato fuori dal progetto. Estromesso. Costretto ad accontentarsi delle briciole, mentre Alberto si prendeva tutto il resto.

Se c'era qualcuno che potesse volerlo morto davvero, era lui. O quantomeno, tra la lunga lista di nemici che Alberto si era seminato negli anni, Rinaldi era di certo nei primi cinque.

E ora lo guardava così, con quello sguardo che mescolava sorpresa, rabbia e qualcosa di ancora più oscuro.

Infine, Alberto si voltò verso di me e mi raggiunse. E in quell'istante, il mondo sembrò fermarsi.

Mi prese la mano con un gesto distratto, quasi meccanico. Un tocco leggero, appena accennato. Ma bastò.

Poi chinò il capo e mi baciò le dita, con quel fare cerimonioso che usava quando voleva indossare la maschera del gentiluomo. Ma io lo conoscevo troppo bene. Dietro quella cortesia c'era qualcos'altro. Una crepa sottile, quasi impercettibile.

Un addio.

O almeno, così lo sentii. E fu questo a farmi restare immobile, a fissarlo mentre si allontanava tra la folla con le due guardie che gli facevano da scudo. Avanzava con passo deciso, ma non era la solita uscita di scena pensata per impressionare. Era diversa. Più grave. Più... definitiva.

Fu allora che la vidi. O meglio, lo vidi sfiorarla. Non ci fu scontro, ma solo per un soffio.

La ragazza che cercava di evitarlo con passo affrettato era Alessandra, la cameriera che lui aveva umiliato davanti a tutti, a inizio serata. La stessa che avevo conosciuto anni fa, quando frequentavo spesso questa villa. Era cambiata, certo, ma nei suoi occhi c'era ancora quella dolcezza impaurita. E ora anche qualcosa in più: panico. Camminava a testa bassa, il vassoio vuoto stretto al petto, come a proteggersi.

Per poco non si urtarono. Lui non la degnò di uno sguardo. Lei, invece, sembrava implodere. Come se il solo stargli vicino le ricordasse tutto il dolore subito. Era pallida, il passo incerto, lo sguardo fisso a terra. Voleva sparire.

Restai a guardarla mentre si allontanava. Poi mi voltai. E cercai quegli occhi.

E li trovai.

Valerio era lì, immobile. Non aveva mosso un muscolo. Ma io lo sentii, come si sentono certe presenze anche quando non parlano. Era lì per me.

Feci un passo verso di lui. Non troppo.

Sorrisi. Non troppo. Quanto basta per non far domande.

Dentro, qualcosa si era incrinato.

Un dolore sordo, che non avevo ancora il coraggio di nominare.

Mi inclinai appena verso di lui, il respiro un soffio sul suo orecchio.

«Sembra che lei sia l'unico sano di mente qui dentro.»

Volevo vedere come avrebbe reagito.

Lui non batté ciglio. Ma lo sentii trattenere il respiro. Mi bastava. Poi, lo dissi. Le uniche parole sincere della serata, le uniche parole che non avevo recitato.

«Ho paura.»

E mentre la sala si riempiva di risate artefatte e sussurri impregnati di promesse, capii che il gioco era davvero cominciato. Un gioco sottile, spietato, in cui nessuno di noi sarebbe uscito indenne. Non quella sera. Non in quel posto.

L'attesa aveva un peso concreto, fisico, come un filo di seta teso al limite, pronto a spezzarsi al primo soffio di vento, al primo errore.

Sentivo il bisogno di aria, di spazio, di un istante in cui potermi sottrarre a quel teatro di maschere. Prima di ributtarmi nella folla, prima di indossare di nuovo il mio ruolo, mi allontanai. Senza farmi notare, senza lasciare tracce, mi rannicchiai in un angolo dove nessuno potesse vedermi, dove nessuno potesse leggere il caos che avevo negli occhi.

Inspirai a fondo. Una, due, tre volte. Cercai di domare il battito che mi martellava nelle tempie, di ricompormi prima che qualcuno potesse avvicinarsi e scorgere la crepa dietro la maschera.

Nessuno doveva sapere.

Nessuno doveva vedere.

Quando il cuore tornò a un ritmo accettabile, mi rialzai. E con la stessa naturalezza con cui si indossa un abito cucito su misura, ritornai ad essere ciò che tutti si aspettavano che fossi: la femme fatale. Un sorriso velato di mistero, uno sguardo che prometteva tutto senza concedere nulla.

Un personaggio perfetto.

In un gioco in cui, alla fine, tutti avrebbero perso qualcosa.

CAPITOLO 12

- BARBARA -

IMPOSSIBILE

Parlavo, parlavo senza sosta e non solo per tenere viva la conversazione con il detective. Parlavo per tenerlo occupato, per distrarlo da quella lucidità implacabile che traspariva dai suoi occhi scuri, per evitare che scavasse troppo a fondo in qualcosa che, forse, nemmeno io volevo comprendere fino in fondo.

Non ero sicura di cosa stessi cercando di nascondere, ma sapevo di doverlo fare.

Così lo incalzavo con domande sul progetto di Alberto, sulle implicazioni economiche, sulle rivoluzioni industriali che avrebbe potuto scatenare. Argomenti scelti con apparente leggerezza, confezionati con la precisione di un veleno nascosto in una coppa di vino: il passatempo frivolo di una donna affascinata più dai numeri che dagli uomini.

Ma sapevo che lui non era il tipo da lasciarsi incantare. Non così facilmente.

Osservava tutto, come un cacciatore in attesa di un movimento nel folto della boscaglia. E mi stava osservando. Aveva notato il modo in cui le mie dita si stringevano attorno al gambo del calice, la tensione nei miei muscoli, l'infinitesimo tremolio delle mani.

Aveva notato come i miei occhi si muovevano, troppo spesso e troppo rapidamente, come se cercassero qualcuno tra la folla, come se aspettassero qualcosa.

Ero sicura che, nella sua mente, aveva già registrato ogni dettaglio, che aveva già capito che c'era qualcosa che non dicevo.

Cercai di deviare ancora, di condurre la conversazione su un terreno più leggero, ma quando tentai di sorridere sentii le labbra troppo tese.

Non funzionava e lui lo sapeva.

E poi accadde.

Il blackout non fu graduale. Non fu uno sfarfallio intermittente, un avvertimento prima della tempesta.

No.

Fu un taglio netto. Un colpo secco. Un'assenza totale.

Il respiro mi si fermò in gola.

Nella frazione di secondo successiva, sentii la tensione spezzarsi attorno a me come un vetro infranto. Un attimo di silenzio perfetto, poi l'incertezza iniziò a diffondersi tra gli ospiti, come un'onda lenta e velenosa. Voci confuse, sedie che scricchiolavano, passi affrettati.

Ero rimasta immobile.

La mia mente correva troppo in fretta, come un cavallo impazzito, mentre il mio corpo restava sospeso, incapace di scegliere se fuggire o restare. Sapevo che Valerio era lì, vicino, che nel buio stava allungando la mano per cercarmi, per afferrarmi e riportarmi al sicuro.

Ma io, senza pensarci, mi mossi prima che potesse trovarmi. Fu un riflesso. Un impulso.

Forse paura, forse istinto, forse quel nodo che mi si era stretto in gola e che sembrava soffocarmi da dentro. O forse era qualcosa di peggio.

Un ricordo che non volevo richiamare, ma che, come sempre,

sapeva arrivare al momento sbagliato. Quel tipo di memoria che ti paralizza o ti fa scattare, senza vie di mezzo.

Il buio era ovunque, appiccicoso, greve, e io sapevo di essermi allontanata, di aver oltrepassato il confine sicuro della sala. Ma sentivo ogni cosa.

I passi nervosi, i respiri trattenuti, il peso invisibile di occhi che non potevo vedere.

Il cuore martellava forte, troppo forte, come se volesse uscire dal petto e scappare al posto mio.

Dovevo tornare.

Non potevo lasciarmi travolgere. Non potevo permettermi di cedere, di essere quella che rimane indietro.

Poi, un suono netto squarciò la confusione: il fragore di un bicchiere che si infrangeva sul pavimento, nitido come un colpo di frusta.

Qualcuno mi urtò di lato, un contatto fugace, privo di volto. E subito dopo, lo sparo.

Un solo colpo.

Secco, definitivo.

Il suono trafisse l'aria come una lama, fece tremare le pareti, rimbalzò sul pavimento di marmo e mi attraversò il petto come un brivido di ghiaccio.

Per un istante, tutto si fermò.

Poi le luci tremolarono e, con una crudeltà beffarda, tornarono a illuminare la scena.

E come un riflesso collettivo, come se fossimo stati tutti marionette sospese dagli stessi fili, ogni sguardo si voltò verso la stessa direzione.

Lo studio di Alberto Veraldi.

La porta era chiusa.

Le guardie di sicurezza si erano già mosse, cercavano di forzarla, ma senza successo. Era bloccata dall'interno.

E Valerio era lì. Ovviamente. Sempre un passo avanti.

Io, invece, ero rimasta indietro. Pietrificata.

Il cuore mi batteva nel petto con una violenza disumana, come se stesse tentando di sfondare la gabbia toracica e fuggire prima di me.

Avevo paura.

Non la paura vaga che ti accompagna nei sogni o nei sospetti, ma quella vera, primordiale, che ti svuota lo stomaco e ti azzera i pensieri.

Ripensai alle parole di Alberto, dette con quel sorriso ironico e calcolato: che quella sera sarebbe morto.

Lo aveva annunciato come fosse uno spettacolo, una provocazione studiata per scandalizzare la sua platea di squali affamati e ipocriti.

Io non gli avevo creduto.

Non volevo crederci.

Ma ora... ora era tutto reale.

E nessuno di noi poteva più tornare indietro.

CAPITOLO 13

- BARBARA -

TELECAMERE

Il corridoio che portava alla sala di controllo sembrava più lungo del necessario.

Camminavo accanto a Valerio, sentendo la tensione scorrere tra di noi come elettricità statica. Lui era concentrato, immerso nei suoi pensieri. Io, invece, mi sentivo sull'orlo di un precipizio.

La porta si aprì con un suono metallico.

Dentro, la sala era soffocante, illuminata solo dalla luce azzurrina degli schermi. Il tecnico della sicurezza si alzò di scatto, il volto lucido di sudore, le mani che tremavano appena.

«C'è un problema.»

Il cuore mi diede un colpo sordo nel petto.

Mi mossi più lentamente questa volta, osservando la parete di monitor. Il mio riflesso tremolava nei vetri scuri, e io feci una cosa stupida. Volontaria. Ma stupida.

Mi sistemai il vestito e il movimento fece abbassare appena la scollatura. Non mi voltai a guardarlo. Ma sapevo che Valerio aveva notato. E, per quell'unico istante, il mondo smise di tremare.

Poi, lo schermo cambiò.

E la realtà tornò a crollare.

Alberto era lì.

Seduto alla scrivania. Scriveva. Poi si fermava.

Si alzava. Camminava avanti e indietro.

Era nervoso. Guardava qualcosa fuori dall'inquadratura, si passava una mano tra i capelli.

Poi... il blackout.

Gli schermi si fecero neri.

Il tempo si fermò. Il mio respiro divenne improvvisamente più pesante, più corto, come se qualcuno mi avesse stretto una mano intorno alla gola.

E quando l'immagine tornò, Alberto Veraldi era disteso a terra.

Morto.

Senza arma. Senza indizi.

Solo sangue.

Feci un passo indietro.

Il battito nelle orecchie diventò un ronzio indistinto, quasi insopportabile. «Non... non è possibile.»

La mia voce era un sussurro, un filo di suono che si spezzò nell'aria della stanza.

Valerio non disse nulla. Era immobile, gli occhi incollati allo schermo.

Poi, un urlo.

Lacerante.

Femminile.

Mi voltai di scatto, il cuore che schizzava nel petto come un animale in trappola.

Sul monitor apparve l'immagine del bagno degli ospiti. La porta era spalancata e, proprio sull'ingresso, una donna a terra, accasciata di lato, come se le gambe le fossero venute meno.

Alessandra. Sempre lei. Sempre nel posto sbagliato al momento sbagliato. Intorno, ovunque, vetri in frantumi, il vassoio ribaltato e il whisky sparso sul marmo bianco.

Solo dopo, i miei occhi si spostarono oltre.

Sullo sfondo, appena visibile dall'angolo della porta, quella chiazza scura, densa, che si allargava sul pavimento. Sangue. Mi coprii la bocca con la mano. Le gambe iniziarono a cedere sotto di me e accanto sentii Valerio irrigidirsi di colpo.

Non era finita.

Avevo passato anni a sopravvivere nei salotti dell'élite, tra sorrisi composti e parole mai dette davvero, in quel teatro perfetto dove tutto era misura e controllo. Ma quella sera la maschera stava crollando. E sotto, c'era solo terrore.

Le mie mani erano gelide mentre restavo immobile accanto a Valerio. Ci sono momenti in cui la mente tenta disperatamente di negare l'evidenza, di convincersi che tutto sia un malinteso, uno scherzo di pessimo gusto. Ma la realtà era lì, stampata sul monitor.

E noi eravamo ancora in quella villa, chiusi dentro con un assassino.

CAPITOLO 14

- BARBARA -

LA LISTA

Dante parlava con quella sicurezza che non lascia spazio a repliche.

Aveva dato ordini, si muoveva con la calma di chi ha visto il peggio del mondo e non si lascia impressionare nemmeno da un cadavere. Ma io lo conoscevo.

Sapevo che anche lui sentiva il peso di ciò che stava accadendo.

«Ecco i dati.»

Il tecnico si scostò, lasciando a Dante il controllo dello schermo.

Lui ordinò la stampa della lista.

Io, intanto, fissavo quei nomi. Non riuscivo a distogliere lo sguardo, come se ogni riga contenesse una minaccia latente, un segreto, una condanna.

Li fissai finché un movimento accanto a me, o forse solo la voce di Dante, non mi riportò alla realtà.

Mi invitò a seguirlo, verso qualcosa che ormai stava sfuggendo a ogni controllo.

Davanti al bagno, l'odore del sangue mi colpì prima ancora di entrare.

Più forte della lavanda con cui lavavano quei pavimenti immacolati. Più vivo. Più violento.

Sapevo che sarebbe stata una scena orribile.

Ma non ero pronta a vedere il coltello.

La lama era conficcata nella schiena di Rinaldi con una precisione chirurgica. Nessuna esitazione. Nessun errore.

Dante si accovacciò accanto al corpo, sfiorando il sangue ormai scuro. Rimase in silenzio.

Poi si alzò e fissò l'arma.

Il suo sguardo cambiò.

Lo seguii. E nello stesso istante, capii anch'io.

Quel coltello non era un oggetto qualunque. Era un pezzo da collezione, un oggetto di valore.

Qualcosa da mostrare. Non da usare per uccidere in un bagno dallo sfarzo grottesco.

«L'hai già visto,» sussurrai.

Dante mi guardò per un lungo istante. Poi annuì.

Anch'io l'avevo visto. Ma dove?

Mi voltai verso il cadavere, come se la risposta fosse lì, sepolta tra le fughe del marmo e quel sangue che non smetteva di impregnare tutto.

«Chiunque l'abbia fatto, ha colpito senza essere visto,» disse Dante, la voce tesa. «Ha ucciso in un punto dove sarebbe stato impossibile passare inosservati.»

Un brivido mi attraversò la schiena.

Era ancora lì.

Tra noi.

Poi Dante si chinò di nuovo. Qualcosa nella mano di Rinaldi attirò la sua attenzione. Con la punta di una penna sollevò le dita. Io, dalla mia posizione, non riuscii a vedere. Ma il modo in cui lui rimase a fissare quel dettaglio mi fece capire che qualcosa c'era davvero.

Era quasi mezzanotte. Le ombre nella villa sembravano più nere, le luci troppo fredde.

Dante parlò con le guardie, dando istruzioni rapide, poi si voltò verso gli ospiti.

Tutti nella sala riunioni.

Sentii il corpo irrigidirsi. Non volevo tornare lì dentro. Non volevo essere chiusa in una stanza con un assassino.

Ma non avevo scelta.

L'ordine di Dante fu eseguito senza proteste. Ognuno di noi sapeva che era più sicuro restare insieme.

Ci muovemmo lentamente attraverso i corridoi della villa, i passi ovattati dai tappeti, il suono dei respiri trattenuti che sembrava rimbombare nelle pareti. Nessuno parlava, nessuno osava guardare gli altri troppo a lungo.

La sala riunioni era una grande prigione di velluto rosso. Le poltrone morbide, lo schermo imponente, tutto sembrava fuori posto rispetto alla situazione. Come se fossimo spettatori di un film che qualcuno aveva scritto per noi, senza darci il copione.

Mi sedetti, incrociando le gambe. Un gesto istintivo, quasi meccanico.

Lui distolse lo sguardo per un attimo, poi tornò a guardarmi. Era attento. Forse più di quanto volesse ammettere.

Ma non c'era tempo per giochi. Non adesso.

«Dante...» dissi piano. «Cosa pensi di fare adesso?»

Lui non rispose subito. Lasciò che la tensione si depositasse tra di noi come una coltre di fumo.

Poi si voltò verso la sala, osservando ogni volto con una calma che sembrava quasi innaturale.

«Troverò una pista,» disse.

Non era una promessa. Era una certezza.

E si allontanò.

L'aria nella sala riunioni era pesante, carica di tensione e paura. Gli ospiti parlottavano a bassa voce, lanciandosi sguardi sospettosi, mentre alcuni si stringevano nei loro abiti costosi, come se il velluto e la seta potessero proteggerli da ciò che stava accadendo.

Un assassino era tra noi.

Eppure, in mezzo al caos, la mia mente era altrove.

Mi spostai lentamente verso l'angolo più buio della sala, vicino ai monitor, lontana dalle chiacchiere, dalle domande sussurrate e dai respiri affrettati. Appoggiai la schiena alla parete, chiudendo gli occhi per un momento. Avevo bisogno di pensare.

Dante si era appena allontanato, deciso a trovare una pista, a dare un senso a ciò che stavamo vivendo. Lo guardai sparire oltre la porta, sentendo dentro di me un misto di sollievo e inquietudine.

Ero sola.

Ma era una solitudine diversa da quella che mi aspettavo. Era fragile, instabile. Come se, da un momento all'altro, qualcosa potesse spezzarsi.

Fu allora che lo sentii.

Un'ombra dietro di me.

Non un movimento qualunque, non il semplice passare di qualcuno che si avvicinava troppo. Qualcosa di diverso. Un respiro trattenuto. Un'energia sottile nell'aria.

E prima ancora di poter reagire, una mano afferrò il mio polso.

Il contatto fu deciso, rapido, ma non brutale. Un gesto sicuro, studiato. Non un'aggressione, ma un richiamo.

Un braccio si allungò intorno alla mia vita, tirandomi indietro con una precisione quasi chirurgica.

Sussultai, ma una voce bassa mi sfiorò l'orecchio prima che potessi urlare.

«Non fare rumore.»

L'ordine era un sussurro, quasi un alito caldo contro la mia pelle.

Non vidi chi fosse.

Non subito.

Il mio corpo reagì prima della mente. Cercai di divincolarmi, ma la presa era salda, sicura e prima che potessi muovermi davvero, venni trascinata nell'ombra.

La sala, il frastuono e le voci sparirono.

La porta laterale si chiuse dietro di noi con un lieve scatto metallico.

E nel silenzio improvviso, mi resi conto che ero sola.

Con qualcuno che voleva me.

CAPITOLO 15

- BARBARA -

FUORI PROGRAMMA

L'oscurità mi avvolgeva come un sudario pesante e opprimente, mentre avanzavo con passi incerti lungo i corridoi della villa, il pavimento liscio sotto i piedi e il silenzio irreale che sembrava cancellare il mondo intorno. Dopo il caos e le urla, quella quiete innaturale mi dava la sensazione di essere scivolata in un incubo ovattato, irreversibile. L'unico suono che riuscivo a distinguere era il respiro dell'uomo che mi trascinava con sé, saldo, deciso, senza pronunciare una sola parola.

Quando la sua presa si allentò, reagii d'istinto. Mi divincolai con un movimento rapido e mi scostai di un passo, cercando di mettere una distanza che non fosse solo fisica. Attorno a me, solo buio e sagome confuse. Non riuscivo a distinguere il suo volto, ma sapevo che era lì, immobile, a pochi centimetri, in silenzio.

«Chi sei?» chiesi, cercando di mantenere la voce ferma, anche se il cuore batteva all'impazzata, tamburo sordo nel petto.

Non ci fu risposta, solo un lungo respiro trattenuto, poi un sussurro basso e teso che mi colpì come una lama affilata, fredda e precisa: «Nulla sta andando come deve.»

Quelle parole, pronunciate in quel tono così carico di inquietudine trattenuta, mi fecero gelare il sangue. La voce aveva qualcosa di familiare. Cercai di razionalizzare, ma non servì a molto. L'oscurità distorceva tutto, tranne quell'odore: un misto di cuoio e muschio che avevo già sentito altre volte, da molto vicino.

«Cosa vuoi fare?» sussurrai, cercando di riprendere il controllo, anche solo con le parole.

«Voglio solo mettere fine a questa farsa,» rispose, ancora in quel tono basso, teso, contenuto. «Ma se continui a parlare ci farai solo scoprire.»

La sua mano, ancora stretta sulla mia, allentò la presa. C'era un'incertezza nuova, quasi impercettibile, come se stesse cercando di capire cosa fosse cambiato. Qualcosa era sfuggito di mano, questo lo sapevamo entrambi. Ci doveva essere un piano, lo avevamo avuto tutti, in modi diversi, ma adesso sembrava crollare, pezzo dopo pezzo.

Lui riprese a camminare e, senza lasciarmi, mi guidò lungo il corridoio fino a una porta. La aprì lentamente, facendo attenzione a non fare rumore. Una luce soffusa mi colpì in volto costringendomi a strizzare gli occhi. Lo studio era esattamente come lo ricordavo: fermo nel tempo, silenzioso, con quel tavolo di legno massiccio al centro, una sedia rivolta verso il camino spento, e la luce gialla di una vecchia lampada a disegnare ombre lunghe e tremolanti sulle pareti.

«Siediti,» disse. Non mi mossi. «Qui non ci sono telecamere.»

Non era una richiesta, non più. Fece un passo avanti e finalmente lo vidi.

Il volto che mi apparve davanti non avrebbe dovuto sorprendermi. Eppure, il respiro mi si bloccò in gola.

«Cosa ci fai qui?» domandai, cercando di sembrare calma, anche se ogni fibra del mio corpo era tesa come una corda pronta a spezzarsi.

Sorrise appena, con un lampo ironico negli occhi. «Stavo osservando. Aspettavo il momento giusto.»

Incrociai le braccia, tentando di nascondere il tremore delle mani. «E ora sarebbe questo il momento?»

«A quanto pare, sì. Niente sta andando secondo i piani. E non mi fido più di nessuno.»

Il nodo allo stomaco si fece più stretto. «Di cosa stai parlando?»

Fece un altro passo verso di me, lo sguardo fisso, intenso. «Tu sapevi che quel vecchio pazzo aveva capito. Sapeva che sarei venuto. Sapeva di essere in pericolo. Ma non so chi lo abbia avvisato.»

Le sue parole rimasero sospese nell'aria come una condanna.

«Non fingere sorpresa,» aggiunse, con un tono più freddo. Io trattenni il respiro e non risposi.

«Bene,» concluse. Si voltò, chiuse la porta alle sue spalle e girò la chiave. Il suono metallico riecheggiò nella stanza.

Bloccata.

Quando si voltò di nuovo, il suo sguardo era più scuro, più carico di qualcosa che non riuscivo a decifrare. «Perché sta per diventare tutto ancora più complicato.»

Mi imposi di restare impassibile. «Sei venuto per ucciderlo? Parlava di te?»

Un rumore improvviso ci fece trasalire entrambi. Lui si mosse rapidamente verso la lampada e la spense con un gesto secco. Il buio tornò a inghiottirci.

«Ascoltami bene,» disse, la voce appena un soffio, come un pensiero sussurrato. «Qualcuno sta giocando una partita che nessuno di noi aveva previsto.»

«Chi?» chiesi.

«Non lo so ancora.»

Il silenzio che seguì era pesante, denso, come se ogni parola successiva potesse rompere qualcosa di fragile. Poi si avvicinò ancora, tanto che il suo respiro si mescolò al mio.

«Ma ho intenzione di scoprirlo.»

Fuori, nel cuore della villa, un orologio scandì un nuovo minuto. Erano le 22:45.

E io sapevo, con una certezza scomoda, che mancava davvero poco.

CAPITOLO 16

FUORI PROGRAMMA

I corridoi deserti della villa sembravano allungarsi in una distorsione irreale sotto la penombra soffusa. Ogni angolo poteva celare qualcuno, ogni ombra sembrava pronta a prendere vita. La mia mente lavorava veloce, cercando di ricostruire il quadro, ma c'era qualcosa che non tornava, un tassello fuori posto che mi sfuggiva e che mi faceva accelerare il passo.

La villa di Veraldi era troppo silenziosa. Troppo perfetta nel suo caos apparente. Non era solo una serata andata fuori controllo. No, c'era qualcosa di orchestrato, di studiato con precisione, e il problema era capire chi stava muovendo i fili.

Fili...

Poi la radio gracchiò improvvisamente, un suono ruvido che mi fece sobbalzare appena.

«Detective!»

Strinsi il dispositivo tra le dita. «Parla.»

La voce del tecnico della sicurezza era incerta, esitante. «Abbiamo un altro problema.»

Sentii la mascella serrarsi. «Sii più preciso.»

«Ho controllato di nuovo le registrazioni delle telecamere. Il blackout ha cancellato alcuni dati, ma... c'è un'anomalia.»

Una tensione fredda mi scivolò lungo la schiena. «Quale?»

Un respiro esitante dall'altro capo della radio. «Posso confermarle che quella che abbiamo visto è l'ombra di qualcuno. È presente anche nello studio di Veraldi. Prima del blackout.»

Mi fermai, il cuore che rallentava per un istante prima di riprendere a martellare nel petto. «Dentro lo studio? Che diavolo significa?»

«Significa che qualcuno era lì dentro prima dello sparo. E poi è sparito. Ma anche che sapeva come non farsi riprendere dalle telecamere.»

Inspirai lentamente, cercando di mettere ordine ai pensieri. Se era vero, allora il gioco si stava facendo ancora più sporco. Qualcuno era entrato nello studio di Veraldi prima che le luci si spegnessero. Ma chi? E soprattutto, dov'era finito?

«Di chi si tratta?» chiesi, la voce ridotta a un filo di controllo.

«Non lo so. La registrazione è incompleta. I file sono danneggiati a causa dell'improvviso sbalzo di tensione.»

Mi passai una mano sul volto. La mascella era tesa come una morsa

Poi la radio si riaccese.

«Detective...»

Il tono era diverso.

Un'esitazione carica di qualcosa di peggiore di una semplice incertezza.

«Che c'è ancora?» sbottai, con un nervosismo che ormai scalpitava sotto la pelle.

Ci fu un attimo di silenzio, poi la frase che mi fece gelare il sangue.

«Barbara Montini. È sparita dalle telecamere.»

Un gelo improvviso mi percorse la colonna vertebrale. «Controlla di nuovo. Non può essere sparita. È nel salone con gli altri. E voglio un aggiornamento immediato.»

Non aspettai la risposta. In quel momento avevo un altro obiettivo in testa.

Girai l'angolo con passo rapido e deciso, puntando dritto verso lo studio di Veraldi. Non volevo ammetterlo ma ero agitato e il mio cervello già soppesava scenari possibili.

Poi qualcosa mi fece fermare di colpo.

Un movimento alla fine del corridoio.

Non ero solo.

Alzai lo sguardo e lo vidi.

Era fermo, immobile, nell'ombra. Mi stava guardando.

La penombra gli sfiorava il viso, abbastanza da farmi capire che lo avevo già visto quella sera, ma non abbastanza da permettermi di afferrare subito chi fosse. Un dettaglio, un accenno familiare, un riconoscimento che restava sospeso sulla punta della mente, senza farsi afferrare del tutto.

«Tu.» Il mio tono era più duro di quanto avessi voluto.

Lui non si mosse. Non sembrava sorpreso di essere stato individuato.

«Cosa ci fai qui?»

Rimase in silenzio, lo sguardo fisso, senza tradire alcuna emozione.

Poi, con la stessa calma glaciale, pronunciò una frase che mi colpì come un colpo di pistola.

«Questa volta non lo faranno sparire.»

Il cuore ebbe un sussulto violento nel petto.

Quelle parole.

Un nodo si strinse alla bocca dello stomaco. «Di cosa diavolo stai parlando?»

Ma prima che potessi ottenere una risposta, un urlo squarciò il silenzio della villa.

Un urlo, un altro.

Non pensai. Non calcolai.
Mi voltai e mi misi a correre.
Erano le 22.50 e il tempo stava per scadere

CAPITOLO 17

LA TRAPPOLA

L'urlo lacerò l'aria come una lama, propagandosi nei corridoi e facendomi accelerare il passo. Barbara.

Il cuore mi martellava nel petto mentre correvo, sentendo il sangue pulsare alle tempie. Le porte della sala riunioni erano spalancate e un'ondata di persone si riversava fuori, tossendo, barcollando, cercando di fuggire.

Un odore acre e pungente mi colpì non appena raggiunsi l'ingresso. Gas.

Il fumo si diffondeva in nuvole basse, strisciando sul pavimento come un predatore silenzioso. La gente fuggiva alla cieca, senza capire, senza sapere. Qualcuno urtava contro i mobili, altri inciampavano, cercando disperatamente un'uscita.

«Via! Dobbiamo uscire da qui!»

Voci sovrapposte, urla strozzate, panico che si propagava come un incendio.

Le persone si riversarono nei corridoi, una fiumana confusa che cercava disperatamente le porte principali, le finestre, qualsiasi via di fuga. Ma niente si apriva.

Le porte erano bloccate. Le finestre sigillate.

La realtà colpì tutti nello stesso momento e fu come una scossa elettrica.

Una donna in abito di seta si scagliò contro la porta principale, picchiando i pugni con furia. «Aprite! Per l'amor di Dio, aprite!»

Un uomo afferrò un vaso di cristallo e lo scagliò contro una finestra. Il vetro non si incrinò nemmeno.

«Sono antiproiettile!» gridò qualcuno con un tono strozzato dal terrore.

La conferma arrivò un istante dopo, quando una delle guardie di sicurezza estrasse la pistola e sparò.

Bang!

Il colpo rimbombò nella villa, amplificato dall'eco degli stucchi e dei soffitti alti. Il vetro rimase intatto.

Panico. Eravamo chiusi dentro.

Mi voltai verso la sala riunioni, dove il gas si stava lentamente diradando. E fu allora che li vidi.

I corpi.

Cinque, sparsi per la stanza.

Non tossivano, non si muovevano. Un dubbio atroce mi assalì. Forse non era stato il gas a farli cadere a terra.

Mi avvicinai, il cuore che mi batteva nelle orecchie. Il primo corpo, un uomo in giacca blu, era riverso su un fianco, gli occhi aperti in un'espressione di sorpresa. Un foro nella tempia.

Mi chinai su di lui, sfiorando la macchia scura sulla moquette. Sangue. Ancora fresco.

«Non è stato il gas...»

Qualcuno aveva sparato. Ma da dove?

Alzai lo sguardo, scrutando il soffitto. Le luci, le travi in legno, i condotti di ventilazione. Un punto cieco.

Qualcuno aveva sparato senza essere visto.

Mi spostai in fretta sugli altri corpi... Un uomo e una donna... li conoscevo bene.

Li avevo interrogati poco prima. Questa era un'esecuzione.

Chi diavolo era stato?

Estrassi la radio con dita tremanti. «Sala di controllo. Dammi i nomi delle persone a terra.»

Dall'altro capo, il tecnico della sicurezza impiegò qualche secondo di troppo a rispondere. Era sotto shock.

«Cesare Lombardi... Paolo Greco... Ludovica Ferri... Guido Sartori... Alessandra Moretti... Giovanni Marini...»

Mi irrigidii. Erano tutti nella lista...

Feci scorrere il foglio che avevo in tasca, il respiro improvvisamente bloccato. Erano loro. Non c'erano più dubbi.

Le persone che si erano mosse prima del blackout. Le persone che avevo individuato. Qualcuno li stava eliminando. Uno per uno.

Ma come faceva a sapere chi erano?

L'unica persona che sapeva di quella lista ero io.

No, non è vero, anche Barbara li aveva visti.

Mi voltai di scatto, cercando tra la folla che ancora premeva contro le porte chiuse. Barbara.

Dov'era Barbara?

«Controlla le telecamere!» ringhiai nella radio. «Dov'è cazzo è Barbara Montini?»

Silenzio, poi la voce del tecnico, tesa, esitante. «Continuo a non vederla.»

Merda.

Mi voltai verso la folla. «Qualcuno ha visto Barbara Montini?»

Nessuna risposta.

Mi passai una mano tra i capelli, il respiro accelerato. Era scappata? Qualcuno l'aveva presa? Dove diavolo era finita?

Poi ripensai a quell'ombra, a quel ragazzo.

La figura che avevo visto nel corridoio prima che tutto crollasse nel caos. Le sue parole mi tornarono in mente con il peso di una minaccia incompresa.

"Questa volta non lo faranno sparire."

Chi?

Mi voltai di scatto, scrutando ogni volto nella folla. Se era ancora qui dentro, lo avrei trovato.

Ma sapevo che non era così semplice.

Qualcuno, quella notte, stava giocando una partita molto più grande di quella che credevo di aver capito.

E io, probabilmente, ero appena diventato la prossima pedina da abbattere.

La radio crepitò tra le mie mani mentre cercavo di mantenere la calma. «Controlla le telecamere e rintraccia quel ragazzo. Deve essere ancora qui.»

Dall'altro capo, la voce del tecnico era tesa. «Signore, ho esaminato tutte le registrazioni. Non c'è traccia di un ragazzo. Tutti gli ospiti sono al piano terra, vicino alla sala riunioni. L'unica persona che manca è Barbara Montini.»

«Impossibile,» ribattei, stringendo la mascella. «L'ho visto con i miei occhi.»

«Il software di riconoscimento facciale non rileva nessun altro,» insistette il tecnico. «Solo gli ospiti registrati e il personale.»

Un senso di frustrazione mi attanagliò. Qualcosa non quadrava. Avevo visto quel ragazzo, ne ero certo. E ora Barbara era scomparsa. Il tempo stringeva, e l'istinto mi diceva che qualcos'altro stava per accadere.

Le 23:00... Il tempo scorreva e stavo perdendo il filo di questa storia...

Il filo...

«Cristo... com'è potuto sfuggirmi?»

Mormorai a denti stretti, già diretto verso il bagno dove avevano trovato il corpo di Rinaldi. Ogni passo sembrava più pesante del precedente, ma non c'era tempo per fermarsi.

E poi lo vidi.

Era lì, sotto gli occhi di tutti. Un dettaglio semplice, lineare. Quasi banale, proprio per questo invisibile fino a quel momento. Un filo. Sottile, aderente al telaio della porta come fosse sempre stato parte di esso. Ma non lo era.

Un filo elettrico non ha alcun motivo di passare dentro una porta del bagno, a meno che...

Mi chinai con cautela, evitando di calpestare ulteriormente la scena. La porta, abbattuta poco prima, giaceva ancora a terra in un angolo. Tracciai con lo sguardo il percorso del filo, seguendolo fino alla serratura. Non era un normale chiavistello. Era un meccanismo elettrico. Blocco e apertura a comando.

Mi fermai.

Perché installare un'apertura elettrica in un bagno degli ospiti? A cosa serviva davvero quella serratura? Chi aveva accesso al comando? E soprattutto: era stata usata quella sera?

Stavo ancora ragionando su quei dettagli quando sentii sotto il piede qualcosa di morbido. Uno scatto involontario, un movimento maldestro. Avevo pestato la mano di Rinaldi. Persi l'equilibrio e caddi all'indietro, andando a sbattere con la testa contro la parete laterale.

Il dolore fu acuto, improvviso, ma non fu quello a fermarmi.

Fu il rumore.

Un suono sordo, diverso da quello di un impatto contro un muro di mattoni. C'era un'eco, un rimbalzo metallico. Mi aggrappai al bordo del lavandino, il respiro mozzato dal colpo, e mi voltai lentamente.

Le altre pareti erano solide. Grezze. Vere.

Quella no.

Quella restituiva un suono cavo.

Mi avvicinai, col cuore che batteva più forte del dolore. Appoggiai le mani alla superficie e spinsi. Niente. Poi chiusi gli occhi per un istante, trattenni il fiato e mi ci lanciai con tutto il peso.

Il muro cedette.

Caddi in avanti, rotolando sul pavimento, ma non mi importava.

Davanti a me, buio su buio. Una porta nascosta si era aperta, rivelando qualcosa che nessuno, fino a quel momento, aveva nemmeno sospettato.

Un passaggio.

Un tunnel.

E il gioco, da quel momento, cambiò per sempre.

CAPITOLO 18

- BARBARA -

IL PRIMO INCONTRO

Milano, due anni prima

Ricordo ancora come se fosse ieri. Alberto mi aveva parlato del suo nuovo progetto con un entusiasmo quasi contagioso, descrivendolo come una rivoluzione destinata a cambiare il mondo. All'inizio, le sue parole sembravano cariche di nobili intenti, come se volesse davvero liberare l'umanità dalle catene dell'energia tradizionale, ma col passare del tempo ho cominciato a intravedere, dietro quella facciata brillante, una brama di potere che trascendeva ogni idealismo.

Mentre eravamo intenti a discutere di quelle idee, la porta della stanza si aprì improvvisamente e un uomo fece il suo ingresso, interrompendo bruscamente la nostra conversazione. Con una voce ferma e priva di esitazione, annunciò:

«Il problema è stato risolto. Trina è stato avvisato.»

Il nome "Trina" mi suonò come un eco sinistro, un presagio che ancora oggi mi fa tremare. Non conoscevo quel nome allora, ma la sua menzione aveva già lasciato un'impronta indelebile nella mia mente.

Alberto, con un sorriso che sembrava voler dissolvere ogni ombra, si illuminò visibilmente.

«Perfetto. Festeggiamo!» esclamò, e in un gesto che mi fece stringere il cuore, tirò fuori della cocaina da un piccolo contenitore. Mi offrì una dose con la mano tremante di eccitazione.

Rifiutai quell'offerta, non per disinteresse verso quella sostanza, ma perché c'era nei suoi occhi, quella sera, qualcosa di inquietante, un bagliore freddo che mi fece capire che la situazione stava per degenerare.

«Vado via,» dissi con voce roca, cercando di allontanarmi, desiderosa di scappare da quell'atmosfera sempre più opprimente.

Ma Alberto mi trattenne con una presa gentile e insistente, bloccandomi il cammino.

«Aspetta, cara,» mi implorò, con un tono che mescolava autorità e supplica. «Stanno arrivando degli investitori importanti. Voglio che tu sia presente.»

Quella frase mi fece esitare, come se in quel momento tutto il mio coraggio vacillasse. Mi condusse attraverso un labirinto di corridoi, fino a una sala riunioni sotterranea che sembrava uscita da un incubo. Dietro un pannello nascosto nella sala principale, trovammo uno studio anonimo. Poi, una scala celata da una libreria a scomparsa ci portò in un ambiente che sembrava completamente fuori dal tempo: divani in pelle consumata, illuminati da una luce fioca che faceva danzare ombre sui muri, un grande schermo e, al centro, un tavolo rotondo che sembrava custodire segreti troppo pesanti per essere svelati.

Quattro uomini ci attendevano lì. Non li avevo mai visti prima. Due di loro avevano un aspetto duro e gelido, tipico dell'Europa dell'Est; uno, con tratti delicati e occhi attenti, tradiva una provenienza asiatica; mentre l'ultimo, un uomo di colore alto e muscoloso, emanava un'eleganza tanto raffinata quanto minacciosa.

Alberto li accolse con un entusiasmo misurato, quasi teatrale. «Ho una bella notizia e un regalo per voi. Tutto procede come previsto,» annunciò, e il tono della sua voce era dolce, ma c'era un'ombra nei suoi occhi che non potevo ignorare.

Mentre lui parlava, notai che l'uomo muscoloso mi fissava intensamente, il suo sguardo penetrante mi faceva sentire come se ogni mio segreto venisse svelato. Con un improvviso impulso, cercai di allontanarmi.

«Alberto, scusami, ma io vado,» dissi, cercando di estrarmi da quella scena.

Ma lui mi trattenne ancora una volta, più deciso questa volta.

«Aspetta, mia cara. Bevi qualcosa con noi,» mi disse, porgendomi un drink con un sorriso che cercava di essere rassicurante, ma che non celava una tensione palpabile.

Accettai il drink che Alberto mi porgeva, fidandomi di lui. Fino a quel momento, mi aveva confidato i suoi piani e le sue strategie, e forse speravo solo che la serata finisse presto. Appena il liquido mi toccò la gola, una sensazione di vertigine mi avvolse. La stanza iniziò a ondeggiare, le voci si fecero ovattate, e una pesantezza insostenibile si impadronì del mio corpo. Cercai di alzarmi, ma le gambe non mi rispondevano; le palpebre si chiudevano contro la mia volontà. La consapevolezza di ciò che stava accadendo si mescolava a un senso di impotenza paralizzante.

Mentre la mia lucidità svaniva, percepii mani estranee sul mio corpo, risate soffocate e sussurri in lingue che non comprendevo. Volevo urlare, ma dalla mia bocca non usciva alcun suono. Il terrore mi attanagliava, ma ero prigioniera di un corpo che non rispondeva più ai miei comandi. Quella notte, quegli uomini approfittarono di me, lasciandomi con ricordi frammentati e un dolore che avrebbe segnato la mia anima per sempre.

Nei giorni successivi, l'angoscia e la vergogna mi consumavano. Alberto sembrava indifferente, come se nulla fosse accaduto. Quando provai ad accennare a cosa fosse successo quella sera, mi interruppe dicendo che non avevo retto l'alcol. Ma io sapevo cosa avevano fatto, e oltre al dolore e all'umiliazione iniziò a nascere la rabbia e il desiderio di vendetta.

Decisi di cercare giustizia e mi recai al commissariato. L'edificio era freddo e impersonale, le pareti grigie sembravano opprimermi mentre sedevo in attesa, circondata da volti sconosciuti. Il ticchettio dell'orologio sulla parete scandiva il tempo, ogni secondo amplificava la mia ansia. Le mie mani tremavano leggermente, e il cuore batteva in modo irregolare. Ogni volta che la porta dell'ufficio si apriva, sobbalzavo, temendo e desiderando allo stesso tempo che fosse il mio turno.

Dopo quella che sembrò un'eternità, il coraggio che mi aveva spinta fin lì iniziò a vacillare. Le parole che avevo preparato nella mia mente si dissolsero, lasciando spazio al dubbio e alla paura. Mi alzai lentamente, decisa a lasciare quel luogo. Mentre mi dirigevo verso l'uscita, sentii uno sguardo su di me. Un poliziotto, sulla quarantina, con lineamenti marcati e occhi penetranti, mi osservava dalla soglia di un ufficio. Il suo sguardo era intenso, ma non giudicante; sembrava aver colto il mio tormento.

«Signorina, tutto bene?» chiese con una voce profonda e rassicurante.

Esitai, evitando il suo sguardo. «Sì, sto bene. Grazie.»

Lui fece un passo avanti, avvicinandosi con cautela. «È sicura? Se ha bisogno di parlare, sono qui per ascoltarla.»

Le sue parole, pronunciate con una sincerità disarmante, fecero vacillare le mie difese. Sentii le lacrime riempirmi gli occhi mentre cercavo di mantenere la compostezza.

«Non serve passare dai canali ufficiali,» continuò, il tono della voce più morbido. «A me basta molto meno per intervenire.»

Quelle parole penetrarono la barriera del mio silenzio, offrendo una speranza inaspettata. Alzai lo sguardo, incontrando i suoi occhi.

In quel momento, senza conoscere il suo nome, sentii che potevo fidarmi di lui.

«Grazie,» sussurrai, la voce rotta dall'emozione.

Lui annuì, accennando un sorriso rassicurante. «Prendiamoci il tempo che le serve. Quando sarà pronta, io sarò qui.»

Compresi che forse non ero sola e che qualcuno era disposto ad ascoltarmi senza giudizio.

Valerio era sempre stato speciale, fin dal primo momento.

CAPITOLO 19

OLTRE L'INGANNO

Sembrava che la villa avesse una seconda vita, nascosta nelle sue viscere. Una rete che si diramava sotto i nostri piedi come vene sotto pelle.

Mi fermai a un bivio. Davanti a me, una scala stretta di ferro saliva verso l'alto, incassata nella pietra viva. Sudavo, ma non per lo sforzo. Per le implicazioni. Chi conosceva quella struttura... sapeva come sparire. Come uccidere. Come non lasciare tracce.

Portai la radio alla bocca, la rabbia che mi stringeva la gola come un cappio. «Centro sicurezza. Mi ricevi?»

Una scarica, poi la voce giovane e incerta del tecnico. «Sì, signor Dante. Mi dica.»

«Come cazzo è possibile che esistano dei tunnel sotto questa villa e tu non ne sappia niente?»

Quante altre cose mi stava nascondendo? La domanda mi bruciava in testa.

Silenzio. Solo il fruscio del suo respiro, spezzato.

«Parla.»

«Non... non risultano in nessuna planimetria ufficiale. Le ho controllate tutte. Io... io giuro che non ne sapevo nulla.»

Chiusi gli occhi per un secondo. Respirai a fondo. «Sei il capo della sicurezza. Hai idea di quanto sia grave quello che mi stai dicendo?»

«Sono arrivato tre mesi fa.»

La sua voce tremava appena. «Il mio predecessore è stato licenziato prima del mio arrivo. Non ho ricevuto... un vero passaggio di consegne. Nessuno mi ha parlato di tunnel. Mi sono basato su quello che avevo: mappa, impianti, schema elettrico. E quei passaggi non ci sono.»

«Perfetto.»

La parola mi uscì come un graffio. Amaro.

Sollevai la torcia e iniziai a salire la scala. Ogni gradino su quella scala stretta era una decisione. Salire significava oltrepassare un confine. E io lo superai. In cima, una porta d'acciaio. La aprii lentamente.

Davanti a me, un corridoio elegante. Mobili d'epoca, moquette spessa, silenzio irreale. Riconobbi l'ala ovest della villa. Il piano superiore.

«Serve un'altra cosa,» dissi nella radio. «Dimmi esattamente quali zone della villa non sono coperte dalle telecamere.»

Qualche clic. Poi la risposta.

«Camere da letto. Quella di Veraldi e quella della signora Montini. Anche i bagni, sia al primo che al secondo piano. Sono considerate aree riservate.»

«Perfetto,» sussurrai. Ma il tono era cambiato.

Non era più una constatazione. Era un presagio.

Chiunque fosse, sapeva come sparire. E soprattutto: dove.

Riattivai la radio con un gesto nervoso. «Controlla il corridoio dove l'ho visto. Subito. Dimmi che c'è qualcuno.»

Il silenzio fu più eloquente della risposta.

Dall'altra parte solo fruscii. Poi la voce incerta del tecnico. «Niente, signore. È vuoto. Completamente vuoto.»

Deglutii a vuoto. Un battito mancato.

«Impossibile.»

Il mio tono era basso, ma teso come un cavo in acciaio. «È entrato in quella zona. Lo so. Non può essere sparito nel nulla.»

Una pausa.

Una fitta alla tempia. Poi la consapevolezza si aprì come un taglio netto nella nebbia. «Cristo santo... ha manipolato il sistema.» Le parole mi uscirono fredde, gelide, taglienti.

Non era la prima volta che vedevo una sorveglianza corrotta. Con i giusti accessi e un minimo di software iniettato nella rete, bastava un click per cancellare una presenza, sovrapporre un'immagine finta, creare il vuoto dove prima c'era qualcuno in carne e ossa.

E lì dentro qualcuno lo aveva fatto.

Aveva cancellato se stesso.

«La sicurezza è compromessa,» scandii nella radio. «Raduna le guardie. Nessuno si muove da solo. Controllate ogni dannato angolo della villa. Subito.»

«Ricevuto,» rispose il tecnico, ma nella sua voce c'era ancora il tremito di chi si rende conto di essere dentro qualcosa più grande di lui.

Mi voltai, diretto verso il cuore della villa. Camminavo come si cammina in guerra. Ogni ombra era una minaccia. Ogni porta un rischio. La camera di Veraldi era al fondo del corridoio. Una di quelle porte troppo silenziose per essere innocue.

Mi avvicinai, il cuore a tamburo nel petto. Pistola in pugno.

Ascoltai.

Un suono.

Lieve. Interno. Un respiro? Un passo?

Spalancai la porta con un colpo secco e puntai l'arma.

Dentro, il ragazzo che avevo visto poco prima.

Immobile. Mani in alto. Gli occhi lucidi, fissi nei miei.

«Fermo!» ringhiai. «Muoviti e ti stendo. Parla. Perché sei qui? Perché hai ucciso quelle persone?»

Lui non distolse lo sguardo. Né sfidò, né implorò.

La pistola puntata. Il suo sguardo fisso. Nessuna fuga, nessuna supplica. Solo parole a denti stretti: «Non sono un assassino.» Rispose a voce bassa. Ma chiara.

«Non le ho uccise io e come vedi non intendo scappare. Sono qui per smascherarlo. Veraldi. Quell'uomo ha fatto cose che nessuno dovrebbe poter fare e per le quali deve pagare.»

Aveva le spalle rigide. Le pupille dilatate. Ma c'era qualcosa nella sua voce che non riuscivo a ignorare. La voce era ferma. Troppo, per chi mente.

«Quindi cosa ci fai in questa stanza? Ora. Non mentire.»

Deglutì. «Sto cercando prove. Qualcosa che lo incastri. Ho un nome, ho dei file, ma non bastano. Ce n'è dell'altro. E lo troverò. Giuro su mio fratello.»

Mi fermai.

«Su tuo fratello?» ripetei.

Lui annuì, e nei suoi occhi passò qualcosa. Non era solo rabbia. Non solo dolore. Era personale.

E io lo capii.

Lo capii fin troppo bene.

Abbassai la pistola.

Non del tutto. Ma abbastanza.

«Se stai mentendo...»

«Non lo sto facendo.»

Ci guardammo.

Nell'aria, ancora sospesa, c'era una verità che aspettava solo di venire fuori. E quella stanza non era più solo il teatro di un omicidio.

Era diventata il punto esatto in cui il passato, la vendetta e il mistero si erano incrociati.

Lo osservai attentamente e un lampo attraversò la mia mente. Era lo stesso ragazzo di colore del parcheggio. Come aveva fatto ad entrare nella villa senza essere visto? Ma c'era di più. Ora ricordavo... Le immagini nella mia testa iniziavano a prendere forma.

Era un pomeriggio di fine inverno a Milano ed erano passate solo alcune settimane dal ritrovamento del cadavere sul cantiere di Veraldi. Il mio ufficio era immerso nella luce fioca del tardo pomeriggio e un giovane, visibilmente scosso, era seduto di fronte a me.

«Non è stato un incidente,» insisteva il ragazzo, gli occhi lucidi di rabbia e dolore. «Mio fratello è stato ucciso.»

Avevo ascoltato con attenzione, io concordavo ma non potevo sbilanciarmi, le indagini erano in corso e soprattutto Trina aveva un'idea completamente opposta alla mia.

Ma prima che potessi approfondire, il mio superiore, quel viscido di Damiano Trina, era intervenuto.

«Questo caso è sotto la mia giurisdizione,» aveva detto con tono autoritario. «Me ne occuperò personalmente.»

Ero stato ufficialmente estromesso dall'indagine e il giovane era stato allontanato senza ulteriori spiegazioni. Ma il volto di quel ragazzo era rimasto impresso nella mia memoria.

«Sei qui per vendicarti della morte di tuo fratello,» dissi, tornando al presente.

Il giovane sembrò sorpreso che qualcuno avesse fatto quel collegamento. «Voglio giustizia, non vendetta. Ma non sono un assassino.»

Prima che potessi rispondere, il suono di colpi di pistola echeggiò dal piano inferiore della villa, interrompendo bruscamente la conversazione e facendo salire ulteriormente la tensione nell'aria.

Il mio cuore accelerò e senza distogliere lo sguardo dal ragazzo, comunicai alla guardia, che nel frattempo mi aveva raggiunto probabilmente allertato dal rumore: «Controlla cosa sta succedendo laggiù.»

La guardia annuì e si precipitò fuori dalla stanza. Rimasi con il ragazzo, la tensione crescente. «Se non sei tu l'assassino, allora chi?»

Lui scosse la testa, gli occhi pieni di frustrazione: «Non lo so. Ma so che quel bastardo di Veraldi è coinvolto in qualcosa di grosso, e io devo fermarlo.»

Il tempo stringeva, e le risposte erano poche. Dovevo decidere se fidarmi di lui o considerarlo un nemico. Ma una cosa era certa: La verità era sepolta sotto strati di inganni e il tempo per svelarla stava rapidamente esaurendosi.

CAPITOLO 20

MENDES & BRYTE

Il caos al piano inferiore era palpabile. Le urla degli ospiti e del personale rimbombavano contro le pareti della villa, amplificate dal panico che si diffondeva come un incendio fuori controllo. Dopo essere stati radunati nella sala riunioni e poi dispersi dal gas, la loro paura si era trasformata in furia cieca. Avevano sopraffatto le guardie, disarmandole con la violenza della disperazione, e ora tentavano freneticamente di sfondare porte e finestre, sparando contro le strutture robuste nella speranza di trovare una via di fuga. Ma la villa resisteva. Implacabile, inespugnabile. Una trappola perfetta.

Scendevo le scale con il giovane al mio fianco. Il frastuono delle grida e degli spari mi assordava. Dovevo riprendere il controllo prima che la situazione degenerasse oltre ogni limite.

«Fermi tutti!» urlai, cercando di sovrastare il tumulto. «Calmatevi!»

Le mie parole si dissolsero nel clamore. Nessuno ascoltava. La paura aveva ormai oscurato ogni briciolo di razionalità. Inutile insistere. Con un gesto deciso afferrai il braccio del ragazzo e lo trascinai nella sala riunioni, ora deserta. Chiusi la porta alle nostre spalle. Un istante di tregua.

«Siediti.» Indicai una sedia. «Dobbiamo parlare.»

Il giovane, ancora scosso, si lasciò cadere sul sedile. Lo sguardo inquieto vagava per la stanza. Ma prima che potessi iniziare, un movimento nell'angolo più buio mi fece voltare di scatto.

Dall'ombra emerse Barbara.

Era viva. Grazie a Dio. Ma dov'era stata fino a quel momento? Il suo volto era pallido, gli occhi dilatati dalla paura. Ma dietro l'agitazione c'era una determinazione feroce.

«Valerio.» La sua voce era un sussurro urgente, mentre faceva cenno di avvicinarmi. «Devi seguirmi. Subito.»

Esitai un istante, valutando le opzioni. Poi feci cenno al ragazzo di venire con me. Barbara lo osservò con un lampo di perplessità negli occhi, ma non fece domande. Ci condusse verso un pannello nascosto nella parete. Con un lieve scatto, il legno si aprì, rivelando l'ennesimo passaggio segreto.

Il corridoio era stretto, impregnato di polvere e umidità. L'aria sapeva di chiuso, di silenzio sepolto da anni.

Dopo una breve e tortuosa camminata, giungemmo a una piccola stanza adibita a studio. L'arredamento era essenziale: una scrivania ingombra di documenti, scaffali colmi di libri, una lampada che emanava una luce calda e soffusa. Dietro la scrivania, un uomo anziano sedeva con un'aria tesa. Capelli grigi arruffati, occhiali spessi, un completo elegante ma sgualcito.

«Mi chiamo Gustavo Mendes.» Non perse tempo in convenevoli. La voce tremava appena, ma trasudava urgenza. «Siamo tutti in grave pericolo.»

Come se non lo sapessi già.

Barbara si posizionò accanto a lui. Le mani strette al bordo della scrivania, il respiro corto. Qualunque cosa stesse per dirci, non sarebbe stata facile da digerire.

«Gustavo è uno degli scienziati chiave coinvolti nel progetto di Veraldi.» La sua voce era tesa, nervosa. «Sa cose in grado di cambiare tutto, e possiede le prove necessarie per dimostrarle. È un nostro alleato.»

«In che senso?» domandai, fissandoli con aria severa.

Mendes sospirò profondamente, passandosi una mano tra i capelli argentati.

«Mi sono nascosto qui perché il piano era semplice: avrei dovuto inserirmi nel circuito video della sala riunioni e trasmettere un filmato per rivelare finalmente tutta la verità sul progetto, subito dopo lo spettacolo di Veraldi.» Fece una pausa, stringendo la mascella con frustrazione. «I cavi del monitor principale passano proprio dietro questo studio, ma quando ho tentato di collegarmi, ho scoperto che il sistema era già stato hackerato. Qualcuno mi ha anticipato, sabotando tutto prima che potessi intervenire.»

Lo guardai con sospetto. «E come conoscevi questo posto? Come hai fatto ad entrare, superando la sorveglianza della villa?» La situazione iniziava a sembrarmi sempre più sospetta e intricata.

«Veraldi ha commissionato a un ristretto gruppo di persone la progettazione della villa, e io ero tra questi. Non possiedo più i progetti originali, ma questa parte dell'edificio l'ho ideata io stesso, quindi conosco perfettamente ogni accesso e passaggio nascosto. Ci sono vie di fuga verso l'esterno disseminate ovunque,» rispose con sicurezza.

Le sue parole risuonarono nella stanza come un colpo di martello, netto e improvviso, facendo emergere nuove domande.

«E non è tutto...» proseguì Mendes, il suo sguardo che diventava sempre più cupo. «Ormai sono certo che Veraldi abbia inscenato la propria morte. È l'espediente perfetto per eliminare chiunque rappresenti una minaccia, chiunque sappia troppo. Le vittime non sono affatto casuali; erano tutte persone pronte a parlare.»

«Non capisco.» Inarcai le sopracciglia, cercando disperatamente di unire i pezzi del puzzle. «Quelle persone erano solo sospettati:

individui che si erano allontanati dal buffet o che erano entrati nel bagno dove è stato ucciso Rinaldi...»

«Strana coincidenza, non trovi?» replicò Mendes con un tono enigmatico che mi mise subito in allerta.

Proprio in quel momento, il ragazzo, che fino ad allora era rimasto in silenzio, fece un passo avanti, rompendo la tensione con una voce carica di emozione.

«Forse la colpa è mia.»

Lo fissai, sorpreso dalla franchezza. «In che senso?»

«Nel senso che... sono stato io a hackerare il sistema di sorveglianza di questa zona della villa. Volevo entrare senza farmi vedere. Non immaginavo che qualcun altro potesse sfruttare lo stesso varco per trasmettere un video manipolato. Se lo avessi saputo... forse tutto questo non sarebbe successo.»

«Ma si può sapere per quale assurdo motivo lo hai fatto?» sbottò Gustavo, la voce carica d'ira.

Il ragazzo inspirò a fondo, cercando di tenere a bada la rabbia che gli ribolliva dentro. «Anche mio fratello, Kevin Bryte, lavorava per Veraldi. Era uno degli scienziati. Quando ha tentato di denunciare i rischi del progetto, è sparito. Ucciso, ne sono certo. Sono qui per questo: volevo raccogliere prove. Inchiodarlo.»

Mendes lo osservò in silenzio, inclinando il capo. C'era qualcosa di antico nei suoi occhi, come se quelle parole avessero aperto una ferita mai guarita.

«Tu sei il fratello minore di Kevin?» chiese, e la sua voce si fece improvvisamente più morbida. «Mi dispiace. Io e lui... avevamo provato a fermarlo. Ma dopo la sua morte ho avuto paura. Ho smesso di lottare.»

Poi lo guardò meglio. Il suo sguardo si posò sul braccialetto sottile che il ragazzo portava al polso.

«Ma certo... il simbolo di Eban.»

«Il simbolo di cosa?» domandai, perplesso.

Il ragazzo sollevò il braccio, mostrandolo. «Questo?»

«Sì... lo aveva anche Kevin. Se non sbaglio era un tatuaggio. Me ne parlava spesso. È il simbolo di una casa sicura, protezione tra fratelli, legame familiare. Lo aveva fatto per te...»

Il ragazzo non rispose. Ma il modo in cui abbassò lo sguardo bastava a capire che sapeva. E che portare quel simbolo lo stava consumando.

Mendes si voltò appena, come se ogni parola successiva gli costasse fatica. Ma sapevamo entrambi che stava per dirci qualcosa che poteva cambiare tutto.

«Dovevamo rivelare al mondo le falle del progetto, ma nessuno ci ha ascoltati. Se questa follia dovesse essere completata, potrebbe diventare la più devastante arma distruttiva che il mondo abbia mai visto.»

Le sue parole scivolarono dentro di me, lasciandomi un brivido che mi percorse tutta la schiena.

«Ma perché inscenare la propria morte?» chiesi, cercando disperatamente di collegare i pezzi.

Mendes scosse la testa, lo sguardo cupo, carico di un'amara consapevolezza. «Veraldi è malato terminale. Gli restano pochi mesi di vita.» Mi fissò con intensità, come se volesse assicurarsi che capissi fino in fondo.

«Non ha più nulla da perdere...» mormorai istintivamente.

«Esatto,» confermò Mendes, rassicurato dal fatto che avessi colto il punto essenziale. «All'inizio pensavo che il suo unico scopo fosse completare il progetto a qualunque costo, anche se sa perfettamente che è irrealizzabile con la tecnologia attuale. Questa festa... questa farsa serviva soltanto a raccogliere i fondi che gli mancavano. Ma ora non ci capisco più nulla...»

Si interruppe, come se stesse rielaborando tutto mentre parlava.

La situazione iniziava finalmente ad assumere contorni più chiari nella mia mente. Ripresi da dove Mendes si era fermato, la mia voce più bassa, più grave.

«Quindi, fingere la propria morte, orchestrare tutto questo teatrino...» feci un respiro profondo, «è il modo perfetto per eliminare in un colpo solo chiunque gli si sia opposto, o chi potrebbe farlo in futuro. È tutta una questione di vendetta.»

Il mio sguardo scivolò lentamente su Barbara, e un pensiero mi sfuggì dalle labbra prima ancora che potessi fermarlo.

«Ecco perché ci ha invitato...»

Barbara sussultò, sorpresa da quell'affermazione così diretta. Il suo viso si fece ancora più teso. «Forse sa molto più di quello che pensavamo...»

Sapevo esattamente a cosa si riferiva. E ora capivo anche perché fossi stato chiamato. Non per impedire un omicidio, né per identificare l'assassino, ma per assistere impotente al suo piano perverso.

«Veraldi lo sa bene... questa è una vendetta personale,» dissi, sconfortato.

Le informazioni si accavallavano nella mia mente, ma restavano ancora troppi interrogativi senza risposta.

«Ma allora chi sta commettendo materialmente gli omicidi?» domandai, cercando di mettere ordine tra i pensieri. «Non può essere Veraldi in persona. Potrà anche avere denaro e potere, ma non è certo un cecchino professionista. E soprattutto, se lui non è morto... chi è l'uomo steso a terra nel suo studio?»

Mi voltai verso l'orologio. Erano le 23.15. Il tempo stava per scadere.

«Dobbiamo entrare nello studio. Dobbiamo scoprire se Veraldi è ancora lì, vivo e nascosto a dirigere le operazioni.»

«Ma come?» intervenne Barbara, con una nota di frustrazione nella voce.

«Non lo so,» ammisi con amarezza, «ma dobbiamo fermarlo.»

«Sempre che non sia già riuscito a scappare...» concluse Barbara, con un tono cupo e rassegnato.

Un rumore di nocche che si stringevano attirò la mia attenzione. Il ragazzo, fino a quel momento rimasto in disparte, serrava i pugni con rabbia. «Io so come entrare.» Nei suoi occhi brillava una determinazione feroce. «Anche mio fratello ha partecipato alla progettazione di questo posto. Ho trovato le planimetrie nel suo appartamento. Conosco tutti i passaggi segreti.»

«Non sapevo che tuo fratello avesse partecipato...» disse Mendes stupito.

Lo fissai, scrutando ogni sua espressione. «È così che sei entrato?»

Lui annuì. «Sono riuscito a entrare prima che la villa fosse sigillata, ma poi non ho più trovato un'uscita. Era tutto bloccato.»

«Finalmente una buona notizia.» Un lampo di determinazione attraversò la mia mente. «Se la villa è ancora sigillata, significa che anche lui è qui dentro.»

Mendes annuì, inspirando profondamente. «Dobbiamo fermarlo prima che sia troppo tardi.»

Mi voltai verso il ragazzo. «Bene. Facci strada.»

Poi i miei occhi si posarono su Barbara, e, per quanto cercassi di trattenerlo, uno sguardo di delusione mi sfuggì.

Lei lo colse, abbassò lo sguardo, la voce appena un sussurro. «Non ti ho detto nulla prima perché avevo paura. Veraldi ha occhi e orecchie ovunque. Non sapevo di chi potermi fidare.»

La mia mascella si serrò. Non avevamo più tempo per le esitazioni. Dovevamo trovarlo. Dovevamo fermarlo.

Prima che fosse troppo tardi.

CAPITOLO 21

NELLA TANA DEL LUPO

Il silenzio era un'illusione.

Il caos della villa restava fuori, attutito appena dalle mura spesse che sembravano risucchiare ogni suono. Eppure la tensione era ovunque: sospesa nell'aria come elettricità statica, pronta a deflagrare.

Attraversammo la sala del personale con passi misurati, evitando stoviglie sparse, oggetti rovesciati, i resti di una cena interrotta con violenza. La cucina era vicina, ma il ragazzo ci dirottò prima che potessimo raggiungerla.

Si fermò davanti a un armadio massiccio, alto almeno due metri, con sportelli in legno scuro e un aspetto così solido da sembrare parte integrante della parete.

«Aiutatemi a spostarlo,» mormorò. Ma quando allungai la mano per afferrarlo, fu lui a spingerlo con un gesto quasi impercettibile. L'armadio scivolò via con una fluidità inattesa, rientrando nel muro come se fosse fatto di carta.

«Facile, no?»

Barbara trattenne il fiato, mentre davanti a noi si apriva il passaggio segreto: un tunnel angusto, immerso in una penombra opprimente. Le pareti erano di pietra grezza, l'aria densa, stagnante, come se nessuno vi fosse passato da anni.

Non servì parlare.

Sapevamo tutti dove portava.

Ci infilammo in fila indiana. Il ragazzo davanti, io e Mendes subito dietro, Barbara a chiudere la fila. Ogni passo era accompagnato dal rumore secco delle suole che scricchiolavano sul pavimento, sporco di polvere e detriti.

Dopo pochi metri, il tunnel si interruppe di fronte a una porta di metallo, alta e compatta.

Il ragazzo posò la mano sulla maniglia, prese un respiro profondo e la abbassò lentamente.

Uno sbuffo d'aria compressa tagliò il silenzio, seguito dal sibilo morbido dei pistoni idraulici.

La porta scivolò di lato senza un rumore, aprendo su una stanza immersa in una luce calda e ovattata.

E quello che vedemmo ci lasciò senza fiato.

Seduto sulla sua poltrona, Alberto Veraldi ci stava aspettando. Le gambe accavallate, un calice di vino rosso nella mano, e un'espressione quasi divertita scolpita sul volto. Sulla scrivania, accanto a lui, una pistola.

«Venite pure.»

Il suo sorriso era beffardo, sicuro. Insopportabilmente compiaciuto.

Facemmo appena un passo, e la porta si chiuse dietro di noi con un suono sordo, definitivo.

La sua voce si fece più morbida, quasi suadente.

«Sapevo che sareste arrivati per il gran finale,» disse, fissando un piccolo monitor accanto a sé.

Sentii la mia mascella serrarsi. Il calore del mio stesso respiro mi soffocava.

Poi i miei occhi si posarono su una teca di vetro, nell'angolo della stanza.

Dentro, illuminati da una luce calda, quasi sacrale, erano esposti coltelli antichi. Tutti identici a quello che aveva trafitto Rinaldi. Uno, in particolare, aveva ancora la lama macchiata. Un nero opaco, sinistro.

Il mio stomaco si chiuse in una morsa.

Veraldi seguì il mio sguardo e rise, sollevando il calice con l'eleganza teatrale di un attore al centro della scena. «Ah, vedo che hai colto il dettaglio.»

Le parole mi sfuggirono prima che potessi trattenerle. «Sei stato tu.»

Annuì con lentezza, assaporando il vino come se stesse brindando alla nostra scoperta.

«Oh, sì,» sussurrò, passandosi la lingua sulle labbra. «Rinaldi è stato il più grande dei miei fallimenti.»

Barbara fece un passo indietro, gli occhi fissi sulla teca. La sua voce si ruppe in un sussurro. «Perché?»

«Dovevo farlo di persona.»

La voce di Veraldi era quasi sognante, priva di peso, come se stesse raccontando un vecchio aneddoto senza conseguenze.

«Fra tutti, lui era il traditore. Doveva imparare la lezione prima di morire.»

Il silenzio che seguì era denso come piombo.

Il sangue mi pulsava nelle tempie, violento. Sentivo le dita irrigidirsi attorno all'impugnatura della pistola.

«Bastardo.»

Veraldi scrollò le spalle con un'espressione quasi infastidita, come se le nostre reazioni fossero fuori luogo.

«Oh, per favore, detective. Nessuna delle persone morte oggi meritava davvero di vivere...»

«E tu chi saresti per decidere chi merita di vivere?» sibilò Barbara, la voce incrinata dall'orrore.

Lui la fissò con aria divertita.

«Sai qual è la cosa più ironica? Stavano per rovinarmi il piano... hanno persino litigato in bagno per quel maledetto bicchiere. Due ubriachi, un veleno, e il destino che decide al posto mio. Perfetto, no?»

Poi spostò lo sguardo su Mendes.

Nei suoi occhi brillava la stessa luce che avevamo visto brillare nella teca: tagliente, sprezzante, incurabile.

«Ma torniamo a noi. Grazie per avermi portato il mio caro professor Mendes.»

Fu in quell'istante che li vidi.

Negli angoli del soffitto, nascosti tra le decorazioni, piccoli sportelli mimetizzati con maestria.

Maledizione.

Avevamo avuto sempre un'arma puntata addosso.

«Siamo sempre stati sotto tiro,» mormorai, la rabbia che mi montava dentro. Ero furioso con me stesso per non averlo notato prima.

Non avevamo mai avuto scampo.

Veraldi sollevò il calice, come a brindare, ma lo sguardo tradiva la vera natura del gesto.

Non era un segno di cortesia.

Era un ordine.

Uno sparo.

Il colpo partì da uno di quegli sportelli: secco, preciso, letale. Un sibilo rapido, quasi impercettibile.

Mendes crollò a terra.

Il cranio spaccato con chirurgica precisione. Il sangue si sparse come un ventaglio vermiglio, lento e irreale.

Per un istante, la stanza sembrò congelarsi.

Anche il tempo trattenne il fiato.

Veraldi osservò la scena con una soddisfazione glaciale, come se stesse ammirando un'opera d'arte riuscita.

«Ah, la precisione della tecnologia.»

Alzai lo sguardo. Un riflesso metallico mi tradì l'arma incassata nel soffitto.

«Ecco come ha fatto il bastardo...»

Aveva un complice. E c'era solo una persona con accesso completo alle telecamere e ai comandi di sicurezza della villa. Il ragazzo della videosorveglianza. Il tecnico che tremava dietro la radio. Un'imprecazione mi scappò sottovoce.

«Porca puttana.»

Veraldi bevve un altro sorso, poi posò con calma il calice sulla scrivania.

Ogni gesto, misurato. Ogni parola, un colpo.

«Forse non è saggio confidare troppo nella tua arma, detective.»

Poi si voltò verso Barbara. E il suo sorriso si fece più velenoso. Più personale.

«Ti sei già preso qualcosa di mio,» disse, e nei suoi occhi brillò un lampo crudele.

«Non vorrai costringermi a toglierti anche il respiro, vero?»

Poi guardò il ragazzo. Immobile. Il viso contratto dalla rabbia.

«E questo giovane, chi è?»

Il ragazzo strinse i pugni fino a far sbiancare le nocche.

«Lo sai benissimo, bastardo. Non fare il finto tonto.»

Veraldi abbozzò un sorriso, appena accennato.

«Oh, che modi. Tuo fratello era molto più educato. Anche in punto di morte ha evitato di insultarmi... È morto da signore.»

Quelle parole mi colpirono nello stomaco con la violenza di un pugno.

«Mi è dispiaciuto,» continuò, fingendo contrizione. «Era un uomo brillante. Ma non abbastanza da capire che il progresso non conosce etica. Solo risultati.»

Si alzò, lentamente. Sfiorò con le dita il calice come se stesse salutando un vecchio amico.

«E ora che siete qui, sapete già come andrà a finire.»

Barbara fece un passo indietro, istintivo. Il suo respiro si fece più rapido.

«Io me ne andrò con il denaro che mi è stato gentilmente offerto,» disse indicando un tablet nero sulla scrivania.

Lo stesso modello distribuito in sala all'inizio della serata.

«Lo so, lo so...» aggiunse, con un ghigno quasi divertito. «Non c'è giustizia.»

Poi abbassò la voce, e il gelo entrò nella stanza.

«Nel mondo reale vince chi ha il potere. E i soldi. E voi non avete né l'uno né l'altro.»

All'improvviso, la porta alle nostre spalle si spalancò.

Dalla penombra emerse il ragazzo della videosorveglianza. Ma non era più il giovane impacciato e incerto che avevamo conosciuto. Qualcosa in lui era cambiato.

Il volto irrigidito, lo sguardo lucido di una calma innaturale, l'arma puntata dritta verso di noi.

Bryte lo fissò incredulo, come se tra tutti gli orrori visti quella sera, la cosa più assurda fosse proprio quella comparsa.

«Signore, fra cinque minuti si aprirà il cancello. È ora di andare.»

La voce del ragazzo era ferma. Sicura. Spietata.

Veraldi annuì, soddisfatto.

Depose con cura il calice sulla scrivania e si diresse verso l'uscita con la lentezza misurata di chi sa che nessuno lo fermerà.

«Dia pure a me il tablet. Lo metto al sicuro.»

Il ragazzo tese una mano. Veraldi glielo passò, poi abbassò una leva incassata nella parete accanto alla porta.

Un suono sordo. Meccanico.

«Questa stanza raggiungerà presto una temperatura tale da distruggere ogni cosa. Ogni traccia. L'unica prova che rimarrà sarà il video della mia morte... e un assassino mai identificato.»

Fece una pausa teatrale, gli occhi che brillavano. «Quanto a voi...»

Si voltò lentamente, il ghigno a tagliargli il volto. «Con ogni probabilità, verrete semplicemente catalogati come scomparsi.»

Dal pavimento, lungo le pareti, iniziarono a salire fiammelle bluastre. All'inizio appena percettibili, come un gioco d'ombra. Poi più vive. Più voraci. Il calore si diffuse con violenza, impregnando l'aria di un'afa tossica.

«Pensi davvero che non scopriranno mai la verità?» chiesi, mentre il sudore mi colava dalla fronte e il respiro si faceva più difficile.

Veraldi rise piano, con un compiacimento intollerabile. «Forse sì. Forse no. Ma saranno troppo impegnati a inseguire un assassino immaginario. E quando capiranno... sarà troppo tardi.»

Fece per voltarsi, quando tutto accadde in un battito.

Un colpo. Netto.

Il suono sordo del corpo che cade.

Veraldi stramazzò al suolo, le braccia aperte, la testa reclinata all'indietro. Esattamente come nel video che ci aveva mostrato poche ore prima. Quella era stata finzione. Questa era la realtà.

Restammo impietriti.

Il giovane Bryte urlò.

«Matteo! Che cazzo fai?! Questo non era il piano!»

Il ragazzo che aveva sparato abbassò lentamente l'arma, lo sguardo fisso sul cadavere.

Il volto impassibile, come se stesse contemplando un'opera compiuta.

Si conoscevano.

«Il piano era trovare prove, non diventare assassini!» urlò Christian, con la voce spezzata.

«Noi dovevamo denunciare, non... questo!»

«Non essere ingenuo, Christian,» ribatté Matteo, con freddezza. «Non abbiamo nessuna possibilità, non se loro restano in vita. Un miliardario, la sua amante e un detective? Sai come finirebbe? Noi saremmo i carnefici. I fanatici. Gli squilibrati.»

Fece un passo avanti.

L'arma era ancora stretta nella sua mano.

«Quel figlio di puttana mi ha costretto a premere il grilletto troppe volte. Io ero solo un tecnico. Poi un complice. Poi un sicario. Mi ha trascinato giù con lui.»

«No... no, Matteo. Noi non siamo come loro!»

Christian indietreggiava, scosso da un tremito profondo. «Dovevamo solo... solo trovare la verità, dannazione! Mio Dio... cos'hai fatto?!»

«Vieni via con me. Possiamo farcela. Tutto questo è per te, per tuo fratello. Quei soldi ti spettano. Te li sei guadagnati con la sua morte.»

Christian avanzò un passo, come attratto da una forza più grande del buonsenso. Ma poi si bloccò.

Perché Matteo stava puntando l'arma su di noi. Era evidente. Non intendeva lasciare testimoni. Non voleva aspettare che il fuoco completasse il lavoro.

«Mi dispiace,» sussurrò. «Siete solo un effetto collaterale. Quel bastardo di Veraldi non sarebbe mai arrivato dov'era senza

Kevin.

Ora ci riprendiamo ciò che è nostro. Addio.»

«Matteo! Fermati! Metti giù la pistola!»

«Togliti di mezzo, Christian!»

Un attimo. Un solo attimo.

E Christian si lanciò su di lui.

Seguirono attimi caotici.

I due ragazzi si scontrarono con la forza disperata di chi non ha più nulla da perdere, lottando tra le fiamme che, intanto, continuavano a divorare la stanza, assetate.

Poi, improvviso e devastante, uno sparo squarciò il fragore del fuoco. Matteo si bloccò, come se il tempo lo avesse trafitto insieme al proiettile.

Gli occhi sbarrati. Un gemito, appena un sussurro sulle labbra. E poi, lentamente, il corpo che crollava a terra. La pistola gli scivolò dalle dita, ancora fumante, e si fermò accanto a lui con un rintocco sordo.

«No!»

Il grido di Christian fu un'esplosione di dolore puro, mentre si gettava in ginocchio accanto a Matteo e lo stringeva tra le braccia. Solo in quel momento il mio sguardo si posò su quel dettaglio.

Un tatuaggio sul collo. Lo stesso simbolo inciso sul braccialetto di Christian. Lo stesso che portava Kevin. Un nodo, un legame, un giuramento. E fu allora che ogni tassello si incastrò, preciso e spietato.

Christian Bryte. Il ragazzo che due anni prima era piombato in questura urlando che suo fratello non poteva essere morto per un incidente. Aveva sempre avuto ragione. Aveva capito tutto.

Quando io, allora, avevo solo sfiorato la verità.

Kevin Bryte era stato uno degli ingegneri più brillanti della sua generazione. Uno scienziato visionario, pronto a denunciare i pericoli di un progetto che avrebbe potuto cambiare il mondo.

Veraldi l'aveva fatto sparire. E Trina aveva insabbiato tutto, in nome del quieto vivere.

Una morte archiviata come una rapina finita male.

Una verità dimenticata. O forse semplicemente sepolta.

«Perdonami...» sussurrò Christian, la voce spezzata dal dolore, mentre stringeva il corpo esanime di Matteo.

«Ti amo...»

Barbara osservava la scena senza riuscire a muoversi, gli occhi pieni di lacrime non ancora versate, la bocca aperta in un silenzio che urlava più forte di ogni parola.

E io... io mi sentivo svuotato.

Schienato da una verità troppo pesante per avere un lieto fine. Christian aveva ottenuto la sua vendetta.

Ma a quale prezzo?

Aveva perso l'unica persona che amava.

Non per giustizia.

Per denaro.

Per una vendetta trasformata in rovina.

Quella stessa avidità che da sempre uccide sogni, spezza legami e divora chi osa sfidarla.

Era venuto in cerca di risposte.

Voleva dare un senso alla morte del fratello.

Ma aveva trovato solo un mondo crudele, ingiusto, impermeabile alla verità.

Mi passò un pensiero che non avrei voluto accettare.

Forse Veraldi aveva sempre avuto ragione. La giustizia non esiste. Nel mondo reale vince chi ha il potere e i soldi. E Christian non aveva né l'uno né l'altro.

Forse Matteo aveva cercato quei soldi proprio per questo: per restituirgli almeno un frammento di ciò che la vita non gli aveva mai concesso. Ma alla fine avevano perso tutto.

L'aria era diventata irrespirabile.

Il fuoco si stava chiudendo su di noi come una bestia viva. Sangue. Polvere da sparo. Calore. Lacrime.

Un odore che non si dimentica.

Guardai l'orologio.

Ore 23:30.

Era finita.

CAPITOLO 22

I PEZZI DEL PUZZLE

"Non si cancella mai davvero un'impronta. Non nella carne. E nemmeno nei bit."

Erano passati tre giorni da Villa Aurelia, eppure il silenzio del mio ufficio sembrava ancora attraversato dall'eco delle urla.

Le corse frenetiche nei corridoi, il clangore delle porte blindate, i colpi sordi, il sangue. Ogni volta che chiudevo gli occhi, la villa tornava a reclamare la sua parte. Non sotto forma di immagini, ma attraverso un respiro più profondo: quello della verità che pretende di essere ascoltata.

Barbara era lì davanti a me, seduta con le mani intrecciate sul grembo, lo sguardo assorto.

La stanza era avvolta in una luce calda e ferma, come sospesa in un tempo che non ci apparteneva più.

Posai sul tavolo una chiavetta USB.

«Le abbiamo recuperate,» dissi, senza enfasi.

Lei alzò lentamente gli occhi.

«Le immagini?»

Annuii.

«Non erano sparite. Solo... ben sepolte.»

Glielo raccontai.

Di quell'amico fidato in polizia, uno di quelli che parlano poco ma che ascoltano tutto. Uno che conosce i sistemi come pochi al mondo e che mi doveva un favore. Una cortesia personale, così l'ha chiamata. In realtà, aveva scavato tra i dati corrotti, nei frammenti cancellati, e aveva ricomposto ciò che sembrava perduto per sempre.

«Nemmeno un bit scompare davvero, Barbara. E loro erano bravi, sì... ma qualcuno lo era di più.»

Le registrazioni mostravano una realtà ancora più torbida di quanto avessimo immaginato.

Altro che zone cieche. Altro che camere "private".

La verità è che nella villa ogni angolo era sorvegliato. Sempre. Anche i bagni, anche le stanze da letto. Ogni gesto, ogni sguardo, ogni respiro. Registrati. Salvati. Archiviati. Come se qualcuno avesse previsto tutto. O tutti.

«Rinaldi non è morto per caso,» dissi.

Lei non disse nulla, ma il respiro si fece più profondo.

«Quel bicchiere... era destinato a Veraldi. Avvelenato. Alessandra Moretti lo stava portando nello studio, lo avevamo capito troppo tardi. Ma Lombardi, con la sua solita arroganza, lo aveva preso direttamente dal vassoio. Gli sembrava gli spettasse. Una casualità. Un capriccio. E il destino si è piegato.»

In bagno, le cose avevano preso una piega beffarda.

Rinaldi, attirato lì da un messaggio firmato da Veraldi.

Lombardi, probabilmente, solo in cerca di un attimo di tregua dall'alcol.

Poi il gesto: Rinaldi prende il bicchiere a Lombardi. Un atto qualunque. Ma nulla in quella villa lo era.

«La morte, Barbara, li stava aspettando entrambi. Quel gesto non ha cambiato il finale. Solo l'ordine con cui è arrivato.»

Il bottone dorato trovato nella mano di Rinaldi aveva un'origine più banale e al tempo stesso più rivelatrice di quanto immaginassimo.

Mentre soffocava per il veleno, in preda al panico, aveva cercato di aggrapparsi a Ludovica Ferri, che passava per caso e, credendo in un'aggressione, lo aveva respinto con forza. Il bottone si era strappato in quel momento.

A quel punto, Rinaldi era diventato una preda inerme. Veraldi, nascosto e paziente, aveva aspettato il momento giusto. Chiuse la porta elettricamente, entrò senza farsi vedere, e completò l'opera. Con la freddezza di chi non considera più l'altro un essere umano, ma un ostacolo.

«E Alessandra?» chiese Barbara, con un filo di voce.

«Arrestata. Insieme a Christian,» risposi. «La sua vendetta era semplice: era incinta. Aveva provato a parlargli, a chiedere aiuto, magari solo un riconoscimento. Ma per lui era solo un fastidio. L'aveva cacciata, sapendo che fingendo la propria morte avrebbe fatto sparire anche lei, come un'ombra di troppo.»

Barbara abbassò lo sguardo.

Quel pezzo mancante si era finalmente posato nel mosaico.

Poi toccò a Christian e Matteo.

«Erano due studenti brillanti. Ingegneria informatica. Si sono conosciuti sui banchi, sono diventati amici, poi qualcosa di più. Kevin Bryte, il fratello di Christian, era uno degli scienziati di Veraldi. Quando ha provato a denunciare il progetto, è morto. E quella notte, tutto è cambiato.»

Matteo si era infiltrato nella villa, aveva pilotato le assunzioni fino a diventare responsabile della sicurezza. Aveva sabotato dall'interno, un passo alla volta. E quando si era accorto che la rete lo stava inghiottendo, aveva provato a cambiare piano.

Non aveva detto niente a Christian. Gli aveva solo detto di fidarsi.

«Forse voleva salvare lui. O forse si era lasciato incantare dai soldi. Dalla possibilità di colpire Veraldi dove faceva più male.»

Ma quella sera, nell'ultima stanza, non c'era più strategia.

Solo sangue. E pianto.

«Vedere Christian inginocchiato accanto al corpo senza vita di Matteo... mi ha fatto capire una cosa che avevo sempre evitato di affrontare. La vendetta non guarisce. Non consola. Non redime. Ti resta attaccata alla pelle. E lascia solo macerie.»

Barbara annuì.

Non disse nulla. Ma il silenzio, in quel momento, valeva più di ogni parola.

Mi alzai, andando alla finestra.

Fuori, la città si stava svegliando.

Una di quelle mattine grigie, senza promesse. Ma almeno silenziosa.

Il cellulare vibrò sulla scrivania.

Numero sconosciuto.

Risposi.

«Dante.»

Dall'altra parte, una voce giovane, incerta. Ma chiara.

«Detective Dante? C'è stato un caso. Qualcosa di grosso. E... ci hanno detto di chiamare lei.»

Mi voltai lentamente.

Barbara mi guardava, un mezzo sorriso che le tagliava il volto.

«Un altro mistero?»

«Un altro mistero,» confermai.

Indossai la giacca. Le spalle, di colpo, sembravano più leggere.

«Pare che qualcuno, adesso, conosca il mio nome.»

E questa volta, non intendevo restare a guardare.

Carissimo/a lettore/lettrice,

sei arrivato/a fino all'ultima pagina, hai vissuto questa storia, hai seguito i personaggi tra ombre, misteri e rivelazioni... e adesso è il momento di dire la tua!

Se questo libro ti ha emozionato, sorpreso, tenuto con il fiato sospeso o semplicemente fatto compagnia, ti chiedo un piccolo favore: **lascia una recensione!**
Puoi scriverla su **Amazon, Goodreads o ovunque tu preferisca.** Non serve un trattato, bastano poche parole sincere.
Il self-publishing vive di passaparola, e ogni recensione aiuta tantissimo a far scoprire questo libro ad altri lettori.

Se ti è piaciuto, **spargi la voce!** Consiglialo, condividilo, gridalo dai tetti (ok, magari non proprio dai tetti, ma hai capito 😊). Ogni parola conta più di quanto immagini.
Quale personaggio ti ha colpito di più? Quale scena ti ha lasciato/a senza fiato? Mi piacerebbe saperlo!

Se invece qualcosa non ti ha convinto, **grazie comunque per avergli dato una possibilità.** Ogni critica costruttiva è preziosa: **se hai spunti, suggerimenti o riflessioni, sarò felice di leggerli.**
Scrivere è un viaggio e ogni lettore/lettrice lo rende più ricco.

Qualunque sia la tua opinione, grazie davvero per il tempo che hai dedicato a questa storia. Sei parte di questa avventura più di quanto immagini.

A presto e... buone letture!
Con gratitudine e un pizzico di emozione,

Antonio Terzo

OMICIDIO IN VILLA

Sommario

Printed in Great Britain
by Amazon

63094966R00092